Paul & Paula

파울과 파울라

왜 제 이름을 파울라로 지으셨나요?

울프 슈타르크 지음 | 이미옥 옮김

궁리
KungRee

차례

1

내 생일이 있고, 손님들로 집이 북적거리게 되며,
우리는 이사를 하고 또 그러다가 뭔가를 잊어버린……

집 안은 쥐 죽은 듯 조용했다. 아침 첫 햇살이 높은 건물들 사이를 비집고 다니며 길을 찾다가 마침내 내 얼굴과 만났다. 아직 이른 아침이었지만 나는 하는 수 없이 일어났다. 일어나지 않는다 해도 나는 더 이상 잠을 잘 수도 없었을 것이다.

이날은 특별한 날. 바로 내가 열두 살이 되는 날이자 모든 것이 시작되는 날이기도 했다.

우리 집은 쓰레기 더미를 떠올리게 했다. 우리가 곧 이사 가게 될 마을 이름도 하필이면 '쓰레기 더미'라는 뜻을 가지고 있었다. 집 안 구석구석 어디를 둘러봐도 물건들이 산더미처럼 쌓여 있었다. 침대보, 커튼, 오래된 옷, 어머니가 수집한 도자기로 만든 단순하고 작은 작품들, 책, 스케치북, 붓, 스케치를 하고 버린 종이들. 나는 조심스럽게 난잡한 쓰레기 더미를 통과해서 거실을 흘깃 엿보았다.

어머니는 바로 거실에서, 그것도 너무나 평화롭게 잠들어 있었다. 은색의 여우털 이불을 덮고 있었는데, 밤이 되면 늘 발이 추웠기 때문이다. 어머니의 발 곁에는 나의 사랑스러운 개 킬로이가 있었다. 열린 문틈으로 내가 보이자 녀석은 졸린 눈으로 나를 쳐다보았다. 어떻게 내가 자기보다 더 일찍 일어났는지 궁금해하는 시선이었다. 그러더니 킬로이는 침대에서 미끄러져 내려와 끄응거리며 달려와서는 나를 핥았다.

"조용! 시끄럽게 굴다간 엄마가 깰지도 몰라!" 나는 털북숭이 킬로이의 귀에다 대고 속삭였다.

킬로이와 나는 함께 부엌으로 들어갔다. 냄비, 신문지에 싸여 있는 유리잔과 접시, 소스 그릇, 수프 그릇과 와플을 굽는 기계가 잔뜩 엉켜 있는 더미 가운데 나는 플라스틱 그릇 하나와 거품을 만들 수 있는 도구를 찾아냈다. 나는 이 도구로 생크림을 휘저어서 케이크를 장식했다. 어머니가 일러스트레이션 작업에 몰두해 있는 동안, 내가 어제 저녁에 열심히 만든 케이크였다.

생크림을 얹은 다음 지난 크리스마스 때 사용하고 남은 초 열두 개를 케이크에 꽂아서 마무리를 했다. 케이크용 초를 발견할 수 없었기에 하는 수 없었다.

"나 원, 모든 걸 망쳤어." 내가 말했다.

킬로이는 내 손가락에 묻어 있는 생크림을 핥아먹다가, 모든 게 얼마나 슬프고 또 복잡해질 수 있는지를 파악하자 슬픈 눈으로 나를 바라보았다. 나는 몸을 낮추어 생크림처럼 하얀 킬로이의 털에 얼굴을 묻었다. 이대로 하얀 구름이 되어 사라지고 싶었다.

나는 열두 살이 되는 게 신나지 않았다.

나는 이곳에서 이사를 가고 싶지도 않았고, 더럽지만 정말 편한 우리 집에서 떠나고 싶지도 않았으며, 늘 불평을 늘어놓는 세데스트룀과 헤어지기도 싫었다. 이 사람은 저 아래쪽에 살았는데, 항상 내 어머니가 밤에 색소폰을 연주하고 킬로이가 자기 집 앞에서 오줌을 눈다고 불평하고는 했다. 나는 여자 친구들, 학교, 광장에 있는 카페 록시를 떠나고 싶지 않았다. 우리는 지금 살고 있는 도시로부터 남쪽으로, 그것도 쓰러질 것 같은 집으로 이사를 가게 된다고 한다. 눈물 젖은 소들이 우글거리는 끔찍한 지방으로 이사를 가야 하다니! 그것도 새로 이사 갈 지방은 이곳에서 지하철을 타고 두 시간을 가야 한다니! 이 모든 것 가운데 가장 끔찍한 일은, 새로 이사간 집에서 군나르와 함께 살아야 한다는 사실이다. 군나르는 내 어머니가 무슨 일이 있어도 함께 살고 싶어하는, 뭔가 우둔해 보이는 남자이다. 사랑이 그렇듯 멍청한 짓을 하게 만든다면, 나는 절대로 사랑에 빠지고 싶지 않다고!

나는 창가에 멍하니 앉아서 내가 원하지 않는 일들을 쭈욱 생각하고 있었다. 부엌에 달려 있는 벽시계가 여덟 시를 알리자, 나는 케이크와 환타 캔 하나, 커피잔과 거실에서 발견한 조화 한 송이, 그리고 개 사료를 큰 쟁반에 담았다. 부엌에 있는 시계는 마호가니와 황동으로 만들어졌고 소용돌이 무늬가 있는 놀라운 물건으로, 질릴 만큼 시간에 맞춰 딩동거렸다. 할아버지가 양로원으로 들어가면서 이 시계를 포함해 몇 가지 다른 시계를 어머니에게 물려주셨다. 그래서 시계는 온 사방에서 딩동거리거나 째깍거리는 소리를 냈지만, 어머니는 틀리게 가는 시계를 맞추려는 노력도 기울이지 않았다. 이 가운데 부엌에 있는 시계만 정확했다. 이 시계는 내가 맞추었는데, 그래야 학교에 지각하지 않을 수 있었기 때문이다.

"자, 이제 가자!" 나는 킬로이에게 말했다.

어머니가 내 생일을 까먹었을지도 모른다는 걸 나는 어렴풋이 알고 있었다. 어머니는 생일 같은 것을 기억하는 법이 없었다. 나는 초에 불을 붙여서 거실로 갔다. 킬로이는 내 다리 사이를 풀쩍풀쩍 뛰며 좋아서 꼬리를 흔들어대었고, 나는 "생일 축하합니다, 생일 축하합니다!"라고 노래를 불러댔다. 촛불은 쉬쉬거리며 불꽃을 날리고 있었다.

내가 노래를 썩 잘 부르지 못했는지 어머니는 내가 서 있는 쪽과는 반대로 등을 돌려 누웠다.

나는 침대 곁 의자 위에 케이크를 얹어두고 어머니의 어깨를 흔들었다.

"으응?" 어머니는 이불 밑에서 신음소리를 냈다.

"좀 조용해줄 수는 없니?"

"지금 내 생일파티를 하고 있단 말이야. 엄마도 함께 하고 싶다면, 케이크도 여기 있어." 내가 설명했다.

어머니는 처음에는 잠이 덜 깨서 눈을 꿈뻑거렸지만 이내 나와 케이크 그리고 킬로이에게 반짝이는 미소를 보냈다. 이불에서 나온 어머니는 풍성한 가슴 쪽으로 나를 끌어안았는데, 어머니의 가슴에서는 향수와 오래된 담배냄새가 났다.

"내 보물! 어떻게 네 생일을 다 까먹었을까!" 어머니가 큰소리로 말했다. "그래도 기분 상하면 안 돼! 며칠 동안 내 머리가 어디에 붙어 있는지도 몰랐으니까. 하지만 너한테 생일선물을 줄 거야. 기다려봐!"

어머니는 모피코트를 몸에 감싸고 뭔가 적당한 선물을 찾기 위해서 잡동사니들 사이로 비집고 들어갔다. 어제 저녁에 정돈하기 시작했던 잡동사니를 빨갛게 매니큐어를 칠한 발가락으로 뒤집었고, 종이상자를 몇 개 뒤지기도 하더니 마침내 금으로 테두리를 한 거울 앞에 섰다. 그리고는 검게 염색한 머리카락을 손가락으로 쓸었다. 모피코트를 걸친 어머니는 러시아 영화에 등장하는 여자 주인공처럼 보였는데, 무엇보다 우리 집에 있는 먼지 때문이었다. 이 먼지는 마치 시베리아 툰드라 지방에서 휘날리는 눈처럼 어머니를 감싸고 있었다.

"필요 없어." 내가 말했다.

"뭐가 필요 없다고?" 어머니가 물었다.

"생일선물 말이야."

"생일선물이 필요 없다구?" 어머니는 상처 받은 듯한 목소리로 내 말을 반복하더니 나를 원망하는 시선을 거울에 던졌다. "내가 양심의 가책을 받는 게 좋아? 그렇게 하고 싶은 거지, 이 작은 청어 같은 녀석아!"

거울을 보니 어머니 뒤에 서 있는 내 모습은 마치 창백한 반점 같았다. 나는 이 허깨비 같은 작은 동물을 동물원에서 봤던 기억이 났다. 야행성 동물들이 살고 있는 그런 동물원에서 어느 날 조명에 비친 청어를 봤다. 어머니의 몸에서 눈이 부실 정도의 광채가 흘러나와 내가 사라질 것만 같아서 결국 이렇게 말했다. "좋아, 나도 선물을 받고 싶지 물론."

어머니는 전날 창고에서 낑낑거리며 들고 나왔던 나무 상자 속을 뒤집더니, 그 안에서 먼지가 잔뜩 묻은 유리구슬을 하나 꺼냈다. 그리고는 이 구슬을 어머니가 걸치고 있던 모피에 박박 문지르니 금세 희뿌연 새벽에 빛을 발하는 전구처럼 반짝거리기 시작했다.

"이 구슬을 선물할게. 이건 예언을 해주는 구슬이야. 예전에 네 할아버지의 어머니가 가지고 계셨대. 시간이 흐르면서 이 구슬이 얼마나 많은 예언을 했는지는 아무도 모를 걸. 끔찍한 일이든 좋은 일이든. 어쩌면 넌 이 구슬을 통해 어느 날 너의 사랑을 보게 될지도 몰라."

내가 그 구슬을 받았을 때 느낌은 차가웠다. 게다가 구슬은 너무 무거워서 하마터면 나는 발등에 떨어뜨릴 뻔했다.

"만일 엄마가 이 구슬 덕분에 군나르 아저씨를 발견했다면, 그다지 신빙성이 없는 구슬이라는 걸 말해주고 싶은걸!"

내가 일침을 가했지만 어머니는 내 말을 흘려들은 것 같았다. 이어서 어머니는 마호가니 침대(이사하고 나면 내가 이어받아서 사용하기로 되어 있었다.)의 가장자리에 앉더니 케이크를 먹었고, 킬로이에게 사료를 주었으며 웃기는 농담을 얘기해주는 바람에,

나는 오늘이 얼마나 끔찍한 날인지조차 깜빡 잊어버릴 뻔했다.

"우리 둘다 힘을 뭉쳐야 해." 어머니가 말했다.

그러고 나서 어머니는 이웃집 사람들에게 전화하기 위해 자리에서 벌떡 일어났고, 이미 차곡차곡 쌓아두었던 그릇들의 포장을 풀더니 오후에 파티를 하기 위해 거대한 밀가루 반죽을 만들기 시작했다.

어머니는 파티를 좋아했다. 물론 이별파티는 매우 실용적이기도 한데, 이사갈 때 굳이 가져가지 않을 물건을 필요한 사람들에게 나눠줄 수 있기 때문이다.

나는 생일파티를 한다고 어지럽힌 물건들을 치우고 나서 킬로이를 데리고 밖으로 나갔다.

오후 네 시쯤 되자 손님들이 몰려들기 시작했다. 이 시각까지 어머니와 나는 그야말로 눈에 거슬리는 물건들을 정리하고 상자는 벽을 따라 세워두었다. 제일 먼저 나타난 분은 플로드크비스트 부인으로, 아침이면 신문을 배달하는 분이라 정각에 도착했다. 그녀는 새로 한 틀니로 얼굴 가득 미소를 지어 보였고 호기심 어린 시선으로 우리 집을 둘러보았다. 이어서 손님 목록에 적혀 있던 사람들이 한 사람씩 등장했다. 요호레이너, 시끄러운 아이들과 함께 온 니스테드, 에그너스, 바이룬트, 바이크만, 구스타프손과 세데스트룀이었다. 모두들 사발과 접시를 안고 왔는데, 그 안에는 소시지와 치즈, 양념한 오이, 둘둘 만 청어, 양념한 자두, 고기만두와 갈비고기가 들어 있었다. 욕심 많은 늙은이 세데스트룀은 먹다 남은 소시지를 알루미늄 호일에 둘둘 말아서 가져왔고 뭔가 아니꼬운 시선으로 주변을 살폈다.

어머니는 기분이 좋아 보였다. 그녀는 하이힐을 신고 화려한 장소에 갈 때 쓰는 모자를 쓰고 있었는데, 이 모자의 테에는 마치 커튼처럼 수천 개의 유리들이 달려 있어서 달그락거리는 소리를 냈다. 나는 통 관심이 가지 않았다. 모든 것이 나에게 무의미해 보였던 탓이다. 여태까지 아무런 접촉이 없었던 이 모든 사람들과 왜 하필이면 이사를 가게 되는 지금에 와서 알아야 하는 거지?

우리 물건을 가져가겠다는 사람들이 하나둘씩 생겼다. 어머니는 즉각 그들에게 산더미처럼 음식을 대접하기 시작했다. 다른 집에서 샐러드, 소시지, 치즈와 음료수들이 계속 공급되었고, 이웃사람들의 목소리는 점점 더 커지면서 담배 연기도 방안을 가득 메웠다.

늙은 할아버지 요호레이너가 하모니카를 꺼냈고 어머니가 색소폰으로 연주를 함께 했다. 나는 벽에 세워둔 상자에 몸을 기대고 사람들이 껑충껑충 뛰면서 추는 유치한 춤을 구경했다. 세데스트룀은 뚱뚱한 바이룬트 부인의 머리를 어깨 위에 얹게 하고서 두 눈을 감고 있었다. 또 한 명의 이웃사람은 플로드크비스트 부인을 뱅뱅 돌렸다. 니스테드가 데려온 다섯 살 난 어린아이는 바닥 한가운데 앉아서 어디에선가 가져온 작은 생선 덩어리를 우리 개 킬로이에게 먹이고 있었다.

그렇듯 소란스러운 가운데서도 나는 전화벨이 울리는 소리를 들을 수 있었다. 군나르 아저씨였다.

"엄마 좀 바꿔줄래?"

"없어요."

"거기 있다는 거 알거든. 왜 아직도 출발하지 않은 거야?" 그가 물었다.

"엄마는 이미 떠났어요."

"다 알고 있다니까. 근처에 엄마가 있지?" 군나르는 답답하다는 듯 끙끙거리며 말했다. "어쨌거나 내일 오전에 보자꾸나."

"누가 전화했어?" 어머니가 큰소리로 물었다.

"어떤 바보 같은 녀석이 전화를 잘못 한 거야." 나는 미소를 지으며 대답했다.

성큼성큼 방을 가로질러 다니던 바이크만 씨는 작은 생선 덩어리를 밟아서 그만 미끄러졌고, 그러면서 킬로이의 꼬리를 밟아 킬로이는 울부짖으며 부엌문 밖으로 튀어나갔다. 처음에는 밀가루 반죽으로 만든 생선 경단을 억지로 먹었고 그런 다음 꼬리까지 밟혔으니, 킬로이에게는 힘들었을 게 분명했다. 나 역시 더 이상 참을 수 없었다. 조금 뒤 나는 위층에 있는 내 방에서 잠이 들었다.

어머니가 나를 깨웠을 때는 몇 시인 줄도 몰랐다.

"이제 출발해야 해." 어머니가 낮은 목소리로 말했다.

"응."

아무도 우리가 떠나는 걸 알아차리지 못했다.

"지금 이사를 떠나니 슬프구나." 어머니가 문을 열면서 말했다.

"그래." 그렇다고 지금 변할 게 하나도 없었지만 나도 동의했다.

거실 천장에 달려 있던 크리스털 샹들리에는 열린 창문을 통해 들어오는 바람으로 살랑살랑 흔들거렸다. 빛은 그림과 거울이 걸려 있는 벽지 위를 휙 스치며 반사되었다. 달은 마치 우리가 살았던 거실에서 벌어지는 연극을 관찰하는 자비로운 시선인 듯 빛을 발했다. 남겨둔 가구들 사이에서 움직이는 춤, 텅빈 접시들이 있는 식탁, 빈 유리잔과 자욱한 담배연기가 연출하는 연극이라고 할지.

우리는 트럭을 기어올라가서 탔다. 나는 어머니의 무릎에 내 머리를 기댔다.

"뭔가 잊어버린 것 같은 느낌이야." 어머니는 그렇게 말하며 내 이마를 쓰다듬었다. 나는 대답을 하지 않았다. 항상 뭔가를 잊어버리는 게 어머니였으니까. 게다가 어머니는 많은 물건들을 의도적으로 내버려두었다. 부르렁대는 엔진 소리 때문에 졸리기 시작했고, 그래서 나는 우리가 지나왔던 온갖 다리며 거리는 물론, 스톡홀름의 밤을 장식해주었던 수천 개의 불빛조차 보지 못했다.

2

🎀

마침내 우리가 잊어버린 게 무엇인지 발견하게 되어 그것을 찾아헤매고,
나의 어머니와 같은 어머니와 함께 산다는 게 무슨 의미인지
깊이 생각하게 되는······

햇빛은 커튼이 전혀 달려 있지 않았지만 먼지와 때로 뒤덮인 창문을 통과해서 들어왔다. 나는 나지막하게 끄응거리고 으르렁거리는 소리에 잠에서 깨어났다.

이 소리는 어머니가 내는 소리였다. 그녀는 상자 몇 개 위에 대충 펴놓은 매트리스에 누워 있었다. 반짝이 스타킹을 신은 어머니의 다리 하나가 매트리스의 가장자리를 넘어서 삐죽 튀어나와 있었다. 나는 바닥에 이불 여러 개를 덮고 누워 있었다.

뭔가 정상이 아니었다!

이런 식으로 잠에서 깨어나는 것은 정말 이상하기만 했다. 끄응거리는 어머니의 신음소리와 낯선 바닥에서 눈을 찔러대는 햇살로 말미암아 잠에서 깬다는 것은 뭔가 앞뒤가 맞지 않는 일이었다. 보통 나는 축축하고 차가운 주둥이가 내 배를 파 뒤집거나 혹은 겨드랑이나 귀를 핥아서 깨고는 했다. 매일 아침 이런 식으로 나는 잠에서 깨고는 했다.

나는 자리에서 일어나 귀를 기울였다.

바깥에서 갈매기와 지빠귀 소리가 들려왔다. 그리고 짐이 들어가 있는 상자에서는 시계소리가 끊임없이 들려왔다. 하지만 익숙한 소리, 그러니까 바닥에 탁탁 닿는 개의 앞발 소리나 맛있는 신발을 발견하고는 그 신발을 이빨로 열심히 씹어대는 평화로운 소리도 들리지 않았고, 무엇보다 킬로이가 잠이 들면 목구멍에서 나오는 소리가 전혀 들리지 않았다.

갑자기 우리가 무엇을 잊어버렸는지가 떠올랐다. 킬로이! 어떻게 키우던 개를 잊을 수 있었을까! 이 생각을 하자 나는 화가 머리 끝까지 치밀어 올랐다. 정말 믿을 수도 없고 자연스러운 일도 아니었다. 물론 어머니에게는 뭔가 잊는다는 게 세상에서도 제일 자연스러운 일이겠지만. 어머니가 그나마 나를 잊어버리지 않고 새 집으로 데려왔다는 건 감사해야만 할 것이다.

그래봤자 아무 소용이 없다는 걸 알았지만, 나는 빠른 걸음으로 집안 구석구석을 살펴보았다. 이삿짐 상자에서 뭔가 개와 비슷한 소리가 나는지 귀를 쫑긋 세우기까지 했다. 하지만 상자에서는 똑딱거리는 시계 소리 외에는 아무 소리도 들리지 않았다.

킬로이를 찾아 헤매면 헤맬수록 나의 분노는 눈덩이처럼 불어났다. 나는 거실을 훑어보았고, 부엌도 샅샅이 뒤졌고 그러다가 마침내 삐걱거리는 소리가 나는 계단을 쿵쾅거리며 올라갔다. 2층에는 방이 두 개가 있었다. 그중 하나는 호수와 쓰레기 수거함으로 나갈 수 있는 방이었는데 내가 사용하게 될 것이고, 다른 방은 어머니와 군나르의 침실이었다.

군나르는 어머니의 남자친구였다. 그를 보면 어머니가 오락 사격장 같은 곳에서 우연히 알게 된 남자 같았다. 항상 넥타이를 메고 머리에는 촌스러운 모자를 쓰고 다녔는데, 거의 대머리로 진행중인 머리를 감추려는 목적이었다.

이 모든 게 재수없는 일이었다! 우선은 이렇게 다 허물어져 가는 집에 이사를 오느라 친구 롤로와 울라와 헤어져야만 했다. 그리고 모자 광신자인 남자와 싫어도 함께 살아야 했다. 엎친데 덮친 격으로 킬로이마저 볼 수 없다니! 한꺼번에 너무 많은 불행이야!

나는 다시 계단을 내려왔고, 계단이 나선형으로 되어 있어서 부엌으로 향하며 손에 닿는 냄비들을 모두 밀어버렸다. 시끄러운 이 소리는 죽은 사람도 깨울 수 있을 정도였다. 하지만 어머니는 꿈쩍도 하지 않고 잠을 자고 있었다. 물론 그사이 무슨 호랑이 같은 소리를 내기는 했다. 하지만 미소를 가득 머금은 얼굴이었다.

그러자 정말 참을 수가 없었다!

나는 화가 치밀어 봉지에 들어 있는 것이 뭔지도 모르고 그것을 어머니 곁에 있는 상자를 향해 던졌다. 그것은 밀가루가 절반쯤 들어 있는 봉지였고, 내가 던지자 즉시 터지면서 하얀 구름을 만들었다.

"왜 엄마는 그냥 평범한 엄마일 수 없는 거야?" 내가 소리를 질렀다.

"안녕! 거기 누구야?" 구름 속에서 잠이 덜 깬 목소리가 들려왔다. "왜 엄마는 정상적인 엄마가 아니냐고!" 나는 계속해서 고함을 질렀다. "내 귀여운 새끼니?" 어머니가 기침을 하면서 다시 물었다. "뭐가 불만인 거야?"

"왜 엄마는 항상 뭔가를 까먹는데?" 나는 거의 울부짖었다. 눈물이 주루룩 흘러내렸다. 나는 또 국수 한다발을 손으로 쥐고는 역시 상자를 향해 던졌다.

"너 완전 돈 거 아냐? 도대체 무슨 일인데 그래?" 어머니도 소리를 질렀다.

"여기 머리가 돌아버린 사람이 있다면 그건 엄마야!" 나는 울면서 말했다.

"그만해라, 파울라! 하나도 웃기지 않거든?"

하지만 나는 그만둘 수 없었다. 그래서 구두, 치약과 비누가 가득 들어 있는 상자를 낚아채서 그것을 비우기 시작했다. 높은 굽이 달려 있는 신발, 뱀 가죽으로 만든 신발과 악어 가죽으로 만든 신발, 금색 신발, 펌프스와 샌들이 후두둑 떨어졌다. 나는 계속 훌쩍이면서 미친 듯이 신발을 하나씩 잡아서 던졌다.

"진정해, 제발! 도대체 뭘 원하는 거야?" 어머니가 이번에는 큰소리로 말했다.

"지극히 정상적인 엄마를 갖고 싶어. 항상 뭔가를 까먹는 엄마가 아니라!" 나는 어느 정도 구체적으로 불평을 늘어놓았다.

그제야 어머니가 자리에서 일어나 나에게 다가와서는 나를 꼭 끌어안았다. 나는 우느라 몸을 떨었고, 어머니는 온몸에 밀가루를 뒤집어 쓰고 있었다.

어머니는 불행한 표정으로 나를 바라보았다.

"이번에는 내가 또 뭘 까먹었니?" 어머니가 나에게 물었다.

"특별한 건 아냐. 단지 우리 개를 잊어버렸지." 나는 쓸쓸하게 대답했다.

"킬로이! 그봐, 뭔가 잊어버린 것 같다고 말했잖아." 어머니는 한숨을 내쉬었다.

"킬로이를 잃고 싶지는 않다구!" 내가 훌쩍거리며 말했다.

"불쌍한 내 딸. 킬로이는 반드시 찾을 수 있을 거야." 어머니
는 눈물로 얼룩진 내 볼을 쓰다듬어주었다. "우리는 킬로이를
꼭 다시 찾을 거다, 응?"

하지만 어머니의 목소리는 너무 슬프게 들려서 자신도 킬로
이를 다시 찾게 될지 확신하지 못하는 것 같았다. 이 순간 군나
르가 거대한 가방 두 개를 들고, 머리에는 석기시대에나 쓰고
다녔을 것 같은 모자를 쓰고 나타났다.

"두 사람, 너무 쾌활해 보이는걸!" 확신에 찬 어조였다.

우리는 군나르의 자동차를 빌려서 펠링비로 갔고 거기에서
킬로이를 찾아보려고 했다. 군나르의 차는 작은 노란색 피아트
였는데, 어머니는 이 작은 차를 엄청 빠른 속도로 몰아대곤 했
다. 하지만 군나르는 전형적으로 기어가는 타입이었으므로, 어
머니는 답답해서 앉은자리에서 풀쩍 뛰고는 했다. 반대로 어머
니가 운전을 하면 군나르는 경악을 금치 못했기에, 이번에는 우
리만 보냈다.

"조심해서 운전하구." 우리가 출발하려고 했을 때 군나르가
말했다.

"작은 혹 몇 개는 생길 거예요." 내가 확신에 차서 대답했다.

일요일이었고, 태양은 따스하게 빛이 났으며, 온갖 꽃봉오리들은 참새, 박새, 지빠귀의 성원을 받아 동시에 활짝 피어나 있었다.

"사람들은 너무 얼간이처럼 운전을 하거든. 그러니 운전하다가 졸아서 나무나 기둥에 박더라도 놀랄 일이 아냐." 어머니는 이렇게 말하며 그 지역을 어찌나 신나게 커브를 돌던지 뒷좌석에 앉아 있던 나는 이리저리 나자빠졌다.

그러더니 갑자기 우리 앞에 예전에 살았던 집이 나타났는데, 뭔지 모르게 완전히 낯설어 보였다. 대문 앞에 엥그만 부인이 우리 집에 있던 양탄자를 겨드랑이에 끼고 서 있었다. 우리를 보자 그녀는 양탄자를 어디에 둬야 할지 모르는 표정이었다.

"나는 그냥 털려고만 했죠." 부인이 겨우 얼버무렸다.

"그 오래된 양탄자는 그냥 가져가셔도 돼요, 엥그만 부인." 나의 어머니는 차분하게 말했다.

"고마워요." 엥그만 부인은 그제야 안심을 하는 것 같았다.

"그런데 혹시 킬로이를 보셨어요?" 내가 물었다.

보지 못했다고 했다. 거실에도 킬로이는 없었다. 바닥은 음식물 찌꺼기 때문에 정말 미끈거렸다. 부서진 의자 하나만 벽에 기대어 있었고, 그 밖에 어떤 가구도 남아 있지 않았다. 어머니는 크리스털 샹들리에를 천장에서 떼내어 마치 배낭처럼 어깨에 걸었다.

"이건 가져가야지. 사실 갖고 싶어 하는 사람도 없겠지만." 어머니가 말했다.

집으로 돌아오는 길에 나는 크리스털 샹들리에 옆에 앉아서 왔는데, 커브를 돌 때마다 샹들리에에서 격렬한 소리가 났다. 그것말고는 자동차 안은 조용했다. 우리 둘다 너무 슬픈 상태여서 무슨 생각을 하는지 입 밖으로 내놓을 수도 없었기 때문이다. 내가 창밖으로 킬로이를 찾을 수 있도록 어머니는 천천히 차를 몰았다.

하지만 킬로이는 어디에도 없었다.

우리는 도시 전체를 헤집고 다녔다. 마치 우리는 킬로이도 없고 이삿짐만 잔뜩 쌓여 있는 집으로 돌아가고 싶지 않은 사람들 같았다. 공원에 차를 세워서 그곳도 샅샅이 뒤졌다. 어쩌면 킬로이는 다른 개들이 있는 곳으로 갔을지 몰랐다. 그래야 외롭지 않을 테니까라는 게 어머니의 의견이었다.

공원에는 개들이 한두 마리가 아니었다. 침을 질질 흘리는 커다란 개도 있었고, 북슬북슬한 기니피그를 연상시키는 작은 녀석들도 많았다. 나의 어머니와 나는 서로 다른 방향으로 나뉘어 킬로이를 찾아 나섰다.

내가 돌아왔을 때 어머니는 사람들 무리 속에 끼어 있었다. 잔뜩 화가 난 어머니는 흰색 스피츠를 세게 당기고 있었는데, 멀리서 보니 킬로이와 닮은 것 같았다. 어머니의 맞은편에는 로덴천으로 만든 외투를 걸친 건장한 남자가 서 있었다. 기다란 말상을 한 그의 얼굴은 모자를 쓰고 있었는데도 잔뜩 붉어진 게 보였다.

"내 개를 내놓으라니까, 이 파렴치한 개도둑 같으니!" 어머니가 거칠게 고함을 지르며 노란색 눈으로 남자를 노려보았다.

남자는 한 발자국 뒤로 물러났다. 그는 약간 사팔뜨기였다. 그의 얼굴은 이제 붉으락푸르락 달아올랐다.

"이런 무례한 여자 같으니! 당장 내 개에서 손을 떼고 꺼져요! 그렇지 않으면 어떤 결과가 나와도 책임지지 않겠어." 남자가 숨을 헐떡이며 말했다.

"나를 협박하는 건가요, 이 뚱땡이가?" 나의 어머니도 씩씩거렸다. "내 개를 훔쳐가고 그것도 모자라 연약한 여자를 협박하다니. 일요일에 이런 식으로 재미를 보나보죠?"

어머니는 자신이 원하면 상대방에게 한껏 비아냥거릴 수 있었다. 지금 어머니는 완전히 정신을 잃은 상태였다. 어머니의 편에 서서 이해를 하자면, 정말 그 개를 킬로이라고 생각했기 때문에 그렇게 행동했을 것이다. 어머니는 평상시에도 개를 구별

하지 못했고, 솔직히 말하면 사람들도 잘 구분하지 못했다.

"이런 듣도 보도 못한 말을 하다니!" 남자는 신음소리처럼 말을 했는데, 그사이 그의 눈동자는 플리퍼 게임을 할 때 나오는 구슬처럼 이리저리 굴러다녔다. "도대체 장난으로 이러는 거요?"

"그건 누구보다 당신이 더 잘 알겠죠! 이제 나도 이런 짓이 멍청하게 보여요, 노친네 양반! 그러니 개를 이리 주고 썩 꺼져요!" 어머니가 흥분해서 씩씩거리며 응수했다.

남자는 정말 개를 잡고 있던 손을 놓고는 소시지 같은 손가락으로 자신의 뺨을 꼬집어보는 것이었다. 아마도 그는 지금 악몽을 꾸고 있는 게 아니라는 사실을 확인하고 싶었던 것 같다.

그런 뒤 남자는 어머니에게 몇 발자국 다가갔다. 너무 흥분한 나머지 남자가 입고 있던 로덴천 외투가 펄럭거릴 정도였다.

"누구 개인지 당신에게 보여주겠소!" 남자는 가쁘게 숨을 몰아 쉬면서 주먹을 쥐었다.

'오, 안 돼, 이제 싸움질이 시작되겠군.'이라는 생각이 퍼뜩 들었다. 바로 그 순간 체육복 차림에 덩치 좋은 청년들 몇몇이 다가가더니 남자의 팔을 잡았다.

"자, 이제 진정하시죠. 충분히 예의없이 행동했습니다." 그들 가운데 한 명이 말했다.

"세상에 뭐 이런 일이 다 있지? 아이, 재수없어!" 어머니가 한숨을 내쉬었다.

킬로이를 찾기 위해 서둘러 출발하는 바람에 어머니는 빨간색 이브닝 드레스를 입고 있었고, 이런 옷을 입고 있는 나의 어머니는 불타는 여신처럼 보였다. 가볍고도 길다란 천은 화난 천사의 날개처럼 퍼득였다. 어머니의 노란색 눈동자는 번쩍거렸고 검정색으로 염색한 머리카락은 바람에 흩날리는 깃발처럼 나부꼈다.

"가자, 킬로이!" 어머니는 이렇게 말하며 군중들을 뚫고 지나갔다.

낯선 개는 정말 어머니의 뒤를 따라갔다. 심지어 이 녀석은 꼬리도 흔들었으며 어머니의 손가락을 핥기도 했다. 그러니 이 개가 어머니의 개라는 사실을 거기 있던 사람들은 누구라도 의심하지 않았다.

"골리앗, 골리앗!" 남자가 절망에 차서 소리를 질렀다.

하지만 개는 한 번도 돌아보지 않았다. 어쩌면 이 개도 광분하는 남자와 다비드에게 찔려서 죽은 거인 골리앗이라는 이름과 이별하는 게 마음에 들었는지도 몰랐다.

"오, 딸아! 여길 한 번 봐!" 어머니는 나를 보고서 소리를 질렀다. 그녀는 머리를 들고 곁에서 빠른 걸음으로 따라오고 있는 개를 자부심에 차서 가리켰다.

"엄마, 빨리 와봐!" 나는 큰소리로 신호를 보내고는 어머니의 팔짱을 꼈다. "저건 킬로이가 아냐!"

"뭐라고?"

"이 개는 킬로이가 아니라구." 나는 같은 말을 반복했다. "이해 안 돼? 저건 다른 사람의 개야. 어서 차로 돌아가자!"

"그럼, 이 개는 어떡하고? 세상에 만상에, 남자한테 돌려줘야지!"

나는 지금 이 개를 돌려주는 것은 그다지 좋은 생각이 아니라고 설명했다. 우리는 들을 가로질러 달리기 시작했다. 우리가 마침내 자동차에 올라타려고 했을 때, 낯선 개도 뒷좌석에 올라타려고 했다. 그래서 남아 있던 초콜릿 반을 밖으로 던져 개가 차 안으로 들어오지 못하게 막았다.

자동차가 출발하자 나는 뒤창의 유리를 통해 점점 줄어든 인파 속으로 개가 여유 있게 타박거리며 돌아가는 모습을 구경했다.

집으로 돌아가는 길에 우리는 이 사건을 두고 통쾌하게 웃었다. 나의 어머니와 무뚝뚝한 노인, 그리고 우리를 따르기까지 했던 착한 개에 관해서 떠들며 신나게 웃어댔다. 나는 한순간이지만 모든 게 다시 좋아졌다는 느낌마저 들었다. 하지만 기쁨은 잠시뿐이었다. 우리는 식욕도 느끼지 못한 채 집으로 돌아왔기에 군나르 아저씨도 놀라서 직접 요리를 했다. 그가 끓인 수프를 가져왔을 때, 넥타이가 수프에 빠져 있다는 사실도 우리를 웃게 만들지는 못했다.

어머니는 정말 패배자처럼 느꼈다.

"네 말이 옳아." 어머니는 수프 접시 너머에 있는 나를 보며 중얼거렸다. "나는 정말 정상적인 엄마가 되도록 노력해야 해. 우리 집에 대한 책임을 좀 더 많이 떠맡아야 할 것 같아."

이후부터 어머니는 저녁 내내 정상적인 어머니가 되려고 애썼다.

어머니는 번쩍이는 괴물 같은 청소기를 들고 모든 대화를 방해하면서 방마다 돌아다녔다. 그녀는 먼지를 제거하고 닦았고, 창틀이 제발 살려달라고 사정할 때까지 박박 문질러댔다. 거미줄을 떼내고 더러운 빨랫감을 종류별로 분리했다. 그리고 어머니는 상자를 치우고 가구를 제자리에 옮겼으며, 꽃에 물을 주었고 차를 끓여놓더니 마침내 완전히 녹초가 되어 입을 뗄 기운조차 없는 것 같았다.

"집안일을 재미있게 한다고 믿지 마!" 어머니는 가끔 혼자서 그렇게 말을 했다. 이 말을 할 때 어머니의 목소리는 보통 어머니들처럼 까칠하고 뭔가 체념한 듯 그리고 신경이 곤두서 있었다.

깨끗하게 문질러 씻은 집안으로 어둠이 내리자, 어머니는 군나르에게 샹들리에를 달아달라고 명령했다. 샹들리에를 손에 들고 흔들거리는 의자 위에 용감하게 올라선 군나르였지만, 그의 얼굴은 푸르죽죽하게 변했고 무릎은 달달 떨리기 시작했다. 크리스털 샹들리에는 수천 개의 종처럼 달그락거렸고 의자는 바닥 위에서 흔들거리며 춤을 추었다.

"도대체 거기서 뭐하는 거야?" 어머니는 황당하다는 표정으로 군나르를 빤히 올려다보았다.

나는 입을 다물었다. 모자를 좋아하는 이 아저씨가 그렇게 균형을 잘 잡는 재주꾼인줄은 몰랐다.

"잡아줘! 제발 좀!" 의자가 황동 책상을 지나서 마루로 넘어질 때 비로소 그가 애원을 했다.

의자가 문지방에 다다를 순간, 나는 군나르가 이 상황을 어떻게 극복할지 고민하기 시작했고, 그때 어머니는 군나르에게 돌진하여 샹들리에를 손으로 받아냈다. 군나르의 다리는 여전히 떨고 있었으며 얼굴은 그야말로 백짓장이 되었다.

"당신 도대체 무슨 일이야?" 어머니의 목소리는 이제 예전의 목소리로 돌아왔다.

"아무것도 아냐." 군나르가 기어들어가는 소리로 겨우 말을 했다. "금방 없어질 거야. 그냥 고소공포증이 약간 있거든. 솔직히 말하면, 나는 금방 어지러워지고는 해."

군나르가 식탁에 쓰러지자 어머니는 머리카락이 듬성듬성하게 나 있는 그의 머리를 물에 젖은 수건으로 적셔주었다. 이 순간 어머니는 지극히 정상적인 어머니가 되고자 했던 바람을 까먹었다. 나는 그녀가 예전의 어머니로 다시 돌아오면 더 좋겠다는 생각을 하게 되었다. 적어도 대부분의 시간에는.

나는 생일에 받았던 선물인 예언구슬을 우연히 식탁 위에서 발견했다. 갑자기 구슬 안쪽에서 빛이 났다. 빨간빛이 자라나기 시작하더니 곧 구슬 전체가 빛났다. 나는 빛나는 구슬 내부에서 파란 정사각형 하나를 보았는데, 이것은 쭉 늘어나더니 유리와 문 손잡이 그리고 다른 부속품이 달려 있는 문이 되었다! 문은 정확하게 우리 집 대문과 같았다! 손잡이를 누르자 대문이 매끄럽게 열렸다. 문틈 사이로 나는 잠시 수선화와 무스카리 등의 씨를 뿌려놓은 정원길과 잔디 뒤편에 있는 과일나무를 볼 수 있었다. 벚나무 뒤에서 자갈길 위로 움직이고 있는 그림자도 하나 보였다. 구슬 안에 있는 이 그림이 마치 미세한 호흡에도 꺼질 것 같은 촛불이라도 되듯 나는 숨을 죽였다. 그러자 문도 사라지고, 빛나는 환영과 다른 모든 것들이 나타날 때처럼 갑자기 사라지는 것이었다! 이게 무슨 뜻이람?

"공상이지." 내가 군나르와 어머니에게 유리구슬에서 봤던 이야기를 전했을 때 군나르는 그렇게 말했다. "오랫동안 집중적으로 어떤 한 점을 뚫어지게 쳐다보면, 최면상태에 빠질 수 있어. 머릿속에서는 마치 꿈을 꾸는 듯한 그런 그림이 생겨나는 거지. 이해되니?"

군나르는 열정적으로 설명을 해주었다. 어머니나 나나 그의 장황한 설명을 끝까지 듣지는 않았지만, 아저씨에게는 상관이 없었다. 아니, 우리가 듣지 않는다는 사실을 알아차리지도 못했다.

"파울라, 네가 본 내용은 말이야, 누군가 우리를 곧 방문할 것이라는 의미란다."

"당신은 어떻게 아이에게 미신 같은 이야기를 해줄 수 있어?" 군나르가 화를 내며 아직도 부들거리는 다리를 꼭 붙잡았다.

하지만 나는 누가 우리 집에 올지를 알고 있었다.

킬로이였다.

3

누군가 우리를 방문하고, 시계를 맞추고 또 슬픈 소식을 전해듣게 되는······

그 다음 날 아침 여섯 시가 되었을 때 누군가 우리 집 대문의 유리가 흔들거릴 정도로 격렬하게 문을 두드렸다.

"누가 문을 두드려!" 군나르가 소리를 질렀다.

소화장애로 고생을 하는 군나르가 매일 아침 변기에 올라가서 끙끙대는 목소리가 화장실 안에서 울려왔다.

"누가 문을 두드린다고, 안 들려?" 그가 다시 소리를 질렀다.

물론 우리도 들었다. 아래층에서 누군가 집이 무너져라 문을 두드리고 있었다.

누군가 킬로이를 발견했어! 어쩌면 이 사람은 다치거나 아플지도 몰라. 분명 그 때문에 저렇게 문을 두드릴 거야!

나는 미친 듯이 계단을 내려갔다. 어머니도 아침잠이 많았지만 역시 아래층으로 돌진했다. 어머니가 문을 활짝 열어젖혔다. 우리 둘은 킬로이가 명랑한 눈으로 꼬리를 흔들며 계단에 서 있을 것이라고 기대하고 내려다봤다.

하지만 그것은 킬로이가 아니었다!

한 짝의 검은색 여성용 구두가 서 있는 게 아닌가! 구두 위를 훑어보자 하얀색 바지가 보였고, 그 위에는 또 커다란 흰색 잠옷이 새벽 바람에 팔랑거리고 있었다. 허리 부분에 빨간색 고무줄이 달려 있는 것을 보아하니 잠옷은 병원에서 입는 옷이었다. 잠옷에는 번쩍이는 금시계가 두꺼운 금줄에 달려 있었다.

이런 형상으로 나타난 남자는 대략 여든 살 정도 되었다. 머리카락이라고는 한 가닥도 없었고 하얀 턱수염이 밑으로 늘어져 있었다. 약간 비스듬한 그의 눈은 우리를 지그시 쳐다보았고 코털이 보이는 코로 헐떡이며 숨을 쉬었다. 어쨌거나 이 노인은 인상적이었다.

"올가!" 할아버지가 요란한 목소리로 외쳤다.

"아버지!" 나의 어머니가 말했다.

바로 할아버지였던 것이다.

할아버지는 거대한 손으로 내 어머니 머리를 안더니 양볼에다 쪽쪽 소리가 나게 입맞춤을 했다. 그사이 할아버지의 눈에서는 닭똥 같은 눈물이 떨어져서 바짝 여윈 볼을 타고 턱수염에까지 흘러내렸다.

그런 다음 할아버지는 내 허리를 잡고 번쩍 들어올렸다. 할아버지에게서 양파와 흙 냄새가 풍겼다. 그는 천천히 머리를 흔들고서는 마치 내 속을 들여다보듯 나를 빤히 관찰했다. 할아버지의 시선은 동정심으로 가득 차 있어서 나는 섬뜩했다. 내 내면에서 할아버지가 본 게 무엇이었길래.

"귀엽고 불쌍한 내 새끼양!" 할아버지는 부드럽게 나를 바닥에 내려놓고는 격식 있게 내 이마에 입을 맞추었다.

"여기서 뭐해요, 아버지?" 놀라움이 사라지자 어머니가 물었다.

"같이 살려고 왔지, 사랑하는 딸아. 하지만 그전에 사람 죽이는 덫에서 나오게 좀 도와다오."

할아버지는 뒤뚱거리면서 발 하나를 들어 보였고 거기에는 뒷굽이 높은 가죽구두가 흔들거리고 있었다. 어떻게 그런 신발을 신고 걸어서 왔는지 정말 수수께끼였다.

"도대체 어디에서 그런 신발을 건졌어요, 아버지?"

"병원이다, 애야. 직원들 탈의실이지. 이 구두는 수간호원 거야. 나한테 맞는 유일한 신발이더구나.”

구두는 할아버지 발에 딱 붙어버린 것 같았다. 어머니와 나는 함께 구두를 벗기려고 난리를 쳤고, 마침내 할아버지의 둔탁한 소리와 함께 발에서 떨어져나갔다. 이 순간 우리 집에 있던 온갖 시계들이 시끄럽고도 다양한 소리로 시간을 알려대기 시작했다.

할아버지는 어깨를 들썩하고는 시계 하나를 코 정도의 높이에 들었다.

“이게 이게, 시계를 제대로 맞춘 거냐?” 할아버지가 불평을 해댔다.

그리고는 맨발로 집 안을 돌아다니며 모든 시계의 태엽을 감았다.

할아버지는 방마다 들어가 보았다. 그러다가 화장실 문을 열었는데, 얼굴이 발갛게 상기되어 변기에 앉아 있던 군나르를 보게 되었다.

“이 사내는 또 누구냐?” 할아버지가 천둥 같은 목소리로 물었다.

군나르는 그만 깜짝 놀라 자리에서 일어나는 바람에 바지를 질질 끌며 앞으로 걸어나왔다. 군나르는 자신을 소개하기 위해서 할아버지에게 손을 내밀었다.

"군나르 라우린이라고 합니다." 그가 공손하게 말했다.

할아버지는 커다란 소리로 헐떡이며 뒤로 한 발자국 물러나더니 군나르를 위에서 밑에까지 자세하게 관찰했다.

"그런데 왜 그런 옷을 입고 계세요?" 마침내 군나르가 입을 열었다. "좀 점잖은 옷을 입으셔야지."

할아버지는 군나르를 내버려두고 몸을 획 돌려 걸어갔다. 군나르는 귀가 발개진 상태로 흰색 잠옷과 자루같이 생긴 긴 바지를 펄럭이며 걸어가는 할아버지의 뒷모습만 물끄러미 바라보았다.

할아버지는 등받이에 사자머리가 새겨져 있는 거대한 흔들의자에 자리를 잡았다. 그는 약간 흔들거리면서 어머니의 담배를 꺼내 피웠다. 찻잔에 담긴 차에서는 김이 무럭무럭 났고 쟁반에 담아둔 과자에는 손도 대지 않았다.

"나는 죽기 위해 여기 왔다." 할아버지가 말했다. "그게 바로 내가 여기 온 이유란다."

집 안 전체가 고요한 순간이었고 심지어 시계들도 멈춘 것 같았다. 할아버지는 수염을 쓰다듬었다. 매우 피곤해 보였다. 다만 두 눈은 하얀 구름 밑에 있는 여름 하늘처럼 흰색 눈썹 아래에서 파랗게 빛나고 있었다.

군나르는 뭔가 말을 하고 싶은 것처럼 의자를 이리저리 움직였다. 하지만 할아버지는 손으로 말을 가로막았다.

"나도 알아, 나도 알지!" 할아버지는 발끈 화를 냈다. "이런 행동이 적절하지 않다는 거 충분히 알지. 하지만 빌어먹을 병원에서는 조용하게 죽을 수도 없어. 허구헌날 피를 뽑아가지 않나, 체온도 늘 재야 하고, 침대시트도 늘 갈아야 하고, 약도 계속 먹어야 하거든. 그러니 언제 죽을 시간이 있겠어? 망할 것들!"

그리고 난 뒤 할아버지는 다시 입을 다물었다. 한동안 불안하게 요동치던 흔들의자는 이제야 조용한 리듬을 타고 움직였다.

"그 밖에는 나쁘지 않았어. 불평할 게 없지. 매우 친절한 노인들, 몸에 좋지만 맛없는 음식, 끝내주는 간호원들. 물론 그 가운데 마녀들도 한둘 있기는 하지만. 그리고 훌륭한 오케스트라도 있어. 그렇지만 그곳은 죽을 곳이 아냐. 그래서 이렇게 오게 된 거다."

어머니는 할아버지를 멍하니 바라보았다.

"나도 알았어! 아버지가 문에 서 있을 때부터 알았어. 사랑하는 아버지! 우리 집으로 와서 너무 기뻐!"

어머니는 할아버지에게 미소를 지어 보였다. 눈물을 흘리지 않으려고 참고 있는 게 보였다.

할아버지도 미소로 답해주었다.

나도 역시 미소를 지었으나, 곧 엄청난 비애가 생겨날 것이라는 느낌이 들었다. 거대하고 쓸쓸하면서도 제어할 수 없는 슬픔 말이다. 하지만 그런 일은 아직 현실에서 생길 것 같지는 않았다.

모두가 미소를 짓자 군나르도 미소를 지었다.

할아버지는 이 많은 미소를 삼키기 위해 차를 한 잔 마셨다. 그러자 기침이 터져나왔는데, 마치 지진처럼 기침은 할아버지의 가슴을 쥐어짜더니 앞으로 고꾸라지게 했다.

"이건 도대체 무슨 차냐?" 기침이 가라앉자 할아버지가 볼멘소리로 물었다. "티백으로 만든 차! 어떻게 이런 걸 다 마시냐? 구정물에 행주를 넣은 맛이라니! 날 죽이겠다는 거냐 뭐냐?"

차를 끓인 군나르는 불안한 탓인지 의자에서 자꾸 미끄러졌다.

"그래도…… 제 생각에 그러니까, 병원에 전화라도 하는 게 더 낫지 않을까요?" 그가 더듬거리며 말을 마쳤다.

"제발 좀 조용히 해줘, 군나르!" 어머니는 군나르의 어깨에 팔을 올려놓았다.

"도대체 이 광대는 누구냐?" 할아버지는 군나르를 턱으로 가리키며 물었다. "여기서 뭐하는 거지?"

"이 남자는 내가 사랑에 빠진 사람들 중 한 사람이야." 나의 어머니가 말했다. "왜 사랑하는지는 솔직히 나도 모르겠어요."

할아버지는 피곤에 지친 모습으로 한숨을 내쉬었다.

"어쨌거나, 그런 일도 생기는 법이지. 그런데 나는 더 이상 이야기를 할 수가 없구나. 아침부터 걸어서 그런지 걷지도 못하겠다. 나는 쉴란다. 한동안 파울라의 방을 사용하도록 하마."

이 말을 하고 할아버지는 계단 위로 올라갔다.

"그 구두는 꼭 돌려줘야 한다!" 할아버지는 위에서 소리를 질렀다.

달빛이 창문 사이를 뚫고 집안으로 들어왔다. 바깥에는 바람이 불고 있었고 나뭇가지와 덤불은 불안한 그림자를 벽에 드리웠다. 나는 머리를 쿠션에 묻고 꼭 끌어안았다.

"난 싫어!" 나는 쿠션에다 대고 소리를 질렀다. "하나님, 듣고 있어요? 나를 이렇게 곤궁에 빠트리면 안 돼요!"

원래 계획한 대로였다면 전학 온 학교에 가야 했지만, 이날 나는 그렇게 하지 않았다. 대신에 우리는 병원에 갔다. 그곳 사람들 가운데 누구도, 어떻게 할아버지가 우리 집까지 갈 수 있었는지 이해하는 사람이 아무도 없었다. 병원에 있을 때 할아버지는 침대와 화장실 사이도 걸어다니지 못했다고 했다. 다리가 움직이지 않았기에 할아버지는 즉각 병원으로 돌아와야 한다고 말해주었다. 군나르도 그렇게 생각한다고 말했다. 사람들이 잘 돌봐줄 곳에 할아버지가 머무는 것이 더 좋지 않겠냐고 말이다. 그리고 할아버지는 연로하다고도 말했다. 이 점에서 병원 관계자와 군나르는 같은 생각이었다. 하지만 나의 어머니는 대답을 하지 않았다. 어머니는 할아버지의 물건들을 주섬주섬 챙겼는데, 물론 그렇게 많지는 않았다.

병실의 다른 구석 침대에는 눈길이 부드러운 뚱뚱한 노인이 있었는데, 그는 바나나를 먹고 있었다. 그리고 마치 사람들이 하는 말이 들리지 않는 것처럼 행동했다. 하지만 우리가 가려고 했을 때, 그 노인이 나에게 여기 와보라는 눈짓을 보냈다.

"너희 할아버지 이바르에게 안부 전해다오. 그리고 오케스트라에 네 할아버지가 빠져서 너무 아쉽다는 말도 전해주면 좋겠구나. 화를 버럭 내서 사람들을 즐겁게 해주었던 네 할아버지가 우리와 함께 첼로를 연주하지 않으니 그야말로 텅빈 것 같은 느낌이야. 누구 차례인지 신은 아시겠지." 그는 슬픈 얼굴로 그렇게 덧붙였다.

군나르는 낑낑거리면서 첼로를 들고 갔고 그 바람에 코감기에 걸린 사람 같았다.

"선택해야 해." 나의 어머니는 자동차 안에서 그렇게 말하고는 미친 듯이 빠르고도 위험하게 차를 모는 바람에, 군나르는 놀라서 눈을 동그랗게 떴다. "당신이 이 집에서 나가든가 그렇지 않으면 우리 아버지와 함께 사는 결정을 해야 한다고."

나는 군나르가 집에서 나가주기를 빌었다.

창을 통해 별 하나가 비스듬하게 떨어지는 모습을 보면서 여름에 할아버지와 함께 바닷가에서 망원경으로 밤하늘을 관찰하던 때가 떠올랐다. 나는 아무 말 없이 할아버지가 결코 돌아가시지 않았으면 좋겠다는 소원을 빌었다.

할아버지는 늘 내 곁에 있어주는 존재였다. 나에게 꽃과 새를 보여주었고, 그들의 이름을 이야기해준 분이었다. "너는 전나무라 불려야 하고, 너는 쇠파리! 까불대는 너 작은 녀석은 할미새라는 이름을 주마!" 이런 식으로 할아버지는 마치 아버지 하나님이라도 되는 것처럼 지팡이로 나무와 동물들을 가리켰다.

할아버지는 또 나에게 수영과 권투를 가르쳐주었으며, 읽기와 욕설도 가르쳐주었다. 욕설은 물론 의도적으로 가르쳐주었던 것은 아니다. 화가 나서 뱉어낼 때마다 내가 주워들었을 뿐이었다.

"아니 애가 어디에서 이런 말을 들었다냐?" 할아버지는 처음으로 내가 욕하는 말을 듣고 깜짝 놀라서 고함을 질렀다. "그야 당신한테서겠지 누구겠어요?" 당시에 살아계셨던 할머니는 그렇게 대답했다.

"젠장맞을!" 할아버지는 자신이 아니라고 거칠게 항의했다. 그러다가 자신이 했던 말이 떠올라 그만 만족한 듯 미소를 지었다. 여하튼 할아버지는 자신이 할아버지라는 사실에 자부심이 대단했다. 그는 아버지이기도 했는데, 왜냐하면 나에게 아버지가 없었기 때문이다. 맙소사, 할아버지는 이 역할을 기꺼이 떠맡았다.

나는 이제 또 다른 신에게, 그러니까 이 세상에 존재하는지 나도 잘 모르는 신에게 기도를 드렸다. 할아버지가 제발 살아계시도록 해달라고.

"차라리 군나르 아저씨를 데려가주세요! 사랑하는 신이시여, 제발 모자쟁이 군나르를 데려가요!" 나는 이렇게 기도를 하면서 내가 그야말로 사악하다고 느껴졌다.

그리고 나서 나는 잠이 들었는데, 할아버지가 흔들의자에 앉아서 물 위로 미끄러지고 있는 꿈을 꾸었다. 흔들의자가 파도를 타고 모터보트와 서퍼를 피해 가는 동안, 그는 차분하게 의자에 앉아서 쾌적한 기분으로 지평선을 향해 나아갔다. 할아버지의 금시계는 마치 작은 별처럼 반짝거렸고 햇빛으로 인해 물 위에 반사되었다.

나는 누군가 내 귀를 가볍게 잡는 바람에 잠에서 깨어났다. "안녕, 내 비둘기야, 기분은 어떠냐?" 그가 속삭였다.

"더러워!" 나는 그렇게 말하고 울기 시작했다.

그러자 내가 어렸을 때처럼 할아버지는 자신의 커다란 코를 나의 코에 비볐다. 그의 수염은 까칠했으며 흙냄새가 풍겨왔다. 정말 옛날처럼, 그러니까 그가 마음씨 좋고 현명한 할아버지였고 나는 코흘리개 꼬마였을 때처럼, 나는 그에게 모든 것을 이야기하기 시작했다. 이사한 일, 킬로이, 그리고 군나르와 나의 어머니에 관해서, 그리고 할아버지가 어느 날 갑자기 사라져버릴 수 있다는 그 생각이 얼마나 참을 수 없는 것인지를. 훌쩍거리며 우는 동안, 가슴속에서 뭔가 분노로 뭉쳐진 딱딱한 덩어리가 생겨나는 것을 감지했다. 이 모든 일이 왜 하필이면 나에게 일어나야 하는 거지? 왜 이렇듯 이해도 안 되고 슬픈 일들이 동시에 터지는 거야?

"불쌍한 녀석!" 할아버지가 말했다. "우리 가족은 모두 바보거나 지루하거나, 살짝 돈 사람이거나 재미없는 녀석이야. 네 어머니는 나처럼 살짝 돌았지. 나도 알아, 우리 같은 사람들이랑 사는 게 간단하지 않다는 걸. 그 밖에는 지루한 사람들과 재미없는 사람들이 우글거리지. 이들을 상대하기란 비교적 단순할 수 있어. 하지만 이런 사람들은 긴장감이라고는 없거든!"

"나는 살짝 돌아버린 사람들에 속하나요?" 이렇게 물으며 나는 미소를 지으려고 애썼다.

"너도 그런 사람이 될 가능성이 많아." 할아버지는 나에게 윙크를 하면서 말했다.

내 짧은 머리가 곱슬거리며 독특한 모양을 만들어내고 있는 목덜미를 할아버지는 조용하고도 부드럽게 쓰다듬었다.

"우리 모두는 우리도 알지 못하는 온갖 힘으로 가득하단다." 할아버지는 얘기를 계속 이어나갔다. "마치 바다처럼 말이다. 물고기와 해초, 조류와 생명이 가득한 바다와 같지. 재미없는 사람들은 조심조심하면서 낯선 강 위에 흉측하고 좁다란 다리를 세운단다. 몸이 젖지나 않을까 그리고 발이 젖지나 않을까 끔찍하게 두려워하면서 말이야. 하지만 우리처럼 정신이 살짝 돌아버린 사람들은 흐름에 풍덩 빠진단다. 우리는 강물의 흐름에 자신을 내맡기고 함께 흘러가려고 노력하지. 비록 그렇게 살면 위험할 수도 있지만. 재미없는 사람들이 두려움과 혐오감을 안고 우리 같은 사람들을 관찰할지라도 말이야."

나는 할아버지가 어떤 뜻으로 그렇게 말씀하시는지 완전히 이해하지는 못했다. 할아버지의 손은 내 목덜미에 조용하고도 묵직하게 얹혀 있었다. 그럼에도 불구하고 눈물이 계속 흘러내렸다. 마치 눈물은 내 가슴속에 자리잡은 응어리에서 나오는 것처럼 아주 차가웠다.

"사악한 바람을 조심하거라." 할아버지는 어둠 속으로 사라져 계단을 올라가기 전에 내 귀에 그렇게 속삭였다. 할아버지는 무슨 뜻으로 그런 말을 하셨지? 할아버지도 결국에 가서 약간 머리가 이상해지셨나?

　우리 집에 살고 있는 정신이 살짝 간 사람과 괴짜 그리고 모자쟁이 모두가 점점 나를 힘들게 했다. 이런 생각에 잠시 빠져 있는데 순간 거친 바람에 창문 하나가 활짝 열렸다. 바람으로 인해 창틀에 놓아둔 화분 몇 개도 쓰러졌고, 어머니가 저녁에 분류해두었던 계산서 한 무더기는 휙 날아서 나에게로 떨어졌다.

　나는 사악함이 나를 가득 채우는 듯한 느낌이 들었다.

4

🎀

전학 간 학교에 다니게 되고,
내 이름이 나를 부담스럽게 하고 아이작이라는 멍청이를 알게 되는……

내가 식탁에 앉아서 순전히 사악한 심보로 바짝 태운 토스트 부스러기를 입속에 집어넣고 있을 때, 어머니가 부엌에 나타났다. 어머니는 표범 모양이 찍힌 옷을 입고 있었는데, 다리와 가슴이 훤히 드러났다. 여기에 불타는 빨간색 신발을 신고, 검은색 망사 스타킹에 전혀 평범하지 않은 선글라스를 끼고 있었다. 선글라스 손잡이에는 작은 돌들이 다닥다닥 붙어 있었다.

"벌써 일어났어? 너랑 같이 학교에 갈 생각이었는데." 어머니가 말했다.

"어, 정말? 난 엄마가 가장무도회에 간다고 생각했는데." 나는 가능하면 뚱하고 정나미 떨어지게 말했다.

"같이 가면 좋을텐데. 그러면 너희 담임 선생님과 친구들한테도 인사할 수 있잖아." 어머니는 내 말을 못 알아들은 것처럼 말했다.

"친구는 무슨? 아직 얼굴도 못 봤는걸."

"도대체 또 무슨 속셈이야?" 어머니가 상처 받은 듯한 목소리로 물었다. "언제는 나더러 정상적인 엄마가 되어줬으면 좋겠다고 하고선. 평범한 엄마들은 딸이 전학 간 첫날에 학교에 같이 가거든."

"정상적인 엄마는 엄마 같은 차림새가 아냐."

"뭐라고?" 어머니는 나를 조금 더 자세하게 보려고 선글라스를 벗었다. "내 옷차림이 어때서?"

"타잔 영화에 나오는 여자, 옷차림이 이상한 야생의 여자 같아." 나는 이렇게 말하는 나의 마음속에 사악한 기운이 깃들어 있음을 감지할 수 있었다.

군나르도 비틀거리며 식탁에 앉더니 밀의 눈, 효모 그리고 잘게 부순 호두를 요구르트에 넣어 섞고 있었다.

"무슨 일이야?" 군나르는 섬유질이 풍부한 음식을 숟가락으로 부수면서 물었다.

"내 딸이 내가 학교에 동행하는 게 싫다는군. 내가 옷차림이 이상한 야생의 여자 같다나 뭐라나."

"당연히 엄마랑 같이 가야지." 군나르는 숟가락으로 한 번 떠 먹을 때마다 스물네 번을 씹으며 말했다.

"싫어!" 나는 화를 벌컥 내며 자리에서 일어났다.

식탁을 지나가면서 나는 마치 고의로 그런 것이 아닌양 저지방 우유가 담겨 있는 우유팩을 슬쩍 밀었다. 그러자 식탁 모서리 너머로 파란색 물이 줄줄 흘러내렸고 새로 다림질해서 입은 군나르의 바지 위에도 떨어졌다.

"넌 엄마가 부끄럽다는 얘기야?" 어머니가 물었다.

"응." 나는 이 대답과 함께 나의 사악함을 즐기기까지 했다. 문을 열고 나가기 전에, 나는 현관에 달려 있는 거대한 거울을 쳐다보았다. 비쩍 마르고, 여기저기 때운 청바지와 파란색 티셔츠를 입고 있는 초라하고도 키가 큰 소녀가 보였다. 짧게 자른 머리카락 밑에 있는 두 눈은 사악함으로 반짝이고 있었다. 나는 외투를 걸치고 길을 나섰다.

내 어머니가 정글의 여왕처럼 보였다면, 나는 변두리의 굶주린 쥐새끼 같았다.

물론 나는 등교 첫날부터 지각을 했다. 동네 아래쪽 호숫가에 벽돌로 지어졌으며 검정색 아스팔트를 깔아놓은 교정까지 가는 데는 한참이나 걸렸다. 운동장에는 통닭을 연상시키는 조각이 있었고, 마침내 나는 우리반을 찾는 데 성공했다.

교실문을 열자 모두가 나를 쳐다보았다. 마치 내가 수업의 일부에 속하는, 예를 들어 박제된 새라도 되는 것처럼 말이다. 교실 안에 당시에는 내가 알지 못했던 모두가 앉아 있었다. 안나와 지기, 소피아, 네티, 비르네, 대니, 펩시, 클라라, 스틴고, 아이작과 벵트와 카티 그리고 다른 친구들. 이들은 눈으로 나를 훑어보았다.

담임 선생님은 여자였고 그다지 젊지 않았으며 뚱뚱하지만 마음씨가 좋아 보였다. 그녀는 주름장식이 달려 있는 밝은색 옷을 입고 있어서 생크림 케이크를 떠오르게 했다. 선생님은 딸기같이 빨간 입술로 나에게 미소를 건넸다.

"새로 전학 온 학생이지?" 선생님이 물었다.

"그런 것 같죠?" 나는 가능하면 거리낌이 없는 것처럼 말하고자 했다.

"원래는 어제 와야 하는 거였지? 안 그래?"

내가 뭐라고 대답해야만 했을까? 할아버지가 우리 집에서 조용하게 죽기 위해 여자 구두를 신고 양로원에서 도망쳐 왔다고 얘기해준들 믿지도 않을 게 분명했으니까. 이런 이야기를 들어도 선생님은 제대로 이해하지 못할 것이다. 항상 그랬다. 진실을 말하면, 어떤 사람도 진지하게 받아들이지 않았다. 그러므로 믿게 하려면, 우리는 뭔가 필요한 거짓말을 둘러대야만 한다. "길을 잘 찾을 수 없었어요." 나는 굼뜨게 말했고 이런 변명이 얼마나 우스꽝스러운지 금방 알 수 있는 반응이 들려왔다.

이런, 제기랄! 나는 바보가 될 수밖에 없었다! 아이들이 키득거리며 웅성거리는 소리가 들려왔다. 이건 절대 좋은 출발이 아니었다!

"그러면 너도 피곤하겠구나. 여기 창가의 자리에 앉으렴." 선생님의 목소리는 매우 친절했다.

나는 구석에 있는 뒷자석에 앉고 싶었다. 그런 자리에서라면 조용하게 사태를 정리할 수 있으리라 생각했기 때문이다. 한데 수포로 돌아가버렸다. 내 자리는 거의 앞자리에 속했다. 게다가 자신감뿐만 아니라 사람을 놀리는 데 있어서는 뒤따라올 사람이 없을 것 같은 남자애의 옆자리였다. 녀석은 키도 컸고 머리숱이 많은 금발에, 파란 눈과 여드름도 잔뜩 난 얼굴이었다.

이 녀석이 바로 아이작이었다.

"내 이름은 아이작이야." 녀석이 미소를 지으며 말했다.

"히죽거릴 게 뭐가 있냐?" 나는 쉭쉭거리며 거칠게 불평했다.

점차 조용해지기 시작했다.

"자, 이제 우리는 새로 온 남학생 파울 크롤을 반갑게 맞이해야겠지. 우리 반에서 적응을 잘 하길 빈단다." 담임 선생님인 구드룬 에어링이 말했다.

새로 온 남학생이라고! 파울이라고?!

바로 나를 두고 하는 말임을 나는 갑자기 깨닫게 되었다. 웃기는 내 이름 파울라가 불러일으킨 사고였다! 나는 내 이름이 너무 싫어서 엉엉 울고 싶을 때가 많았다. 왜 니콜이나 코르넬리아 혹은 사비네나 카타리나처럼 확실하게 여자 이름을 지어주지 않았을까?

"파울라는 오래전부터 내려오는 예쁜 이름이야." 내 이름에 불평을 하면 어머니는 그렇게 말해주었다. 하지만 나는 오래전부터 내려오는 그런 예쁜 이름 따위에 관심이 없다. 다만 평범한 이름이면 좋겠다는 것이다. 이번에도 누군가 내 이름을 잘못 들었거나 잘못 기록한 게 분명했다. 파울라(Paula)라는 이름에 있는 철자 가운데 맨 마지막에 들어 있는 'a'가 빠졌던 것이다. 그래서 이 학급은 파울이라는 이름을 가진 소년이 전학 오기를 기대하고 있었다. 그리고 내가 등장했다! 이제 나는 어쩌지? 나처럼 정상적인 사람이 계속해서 비정상적인 상황에 빠진다는 게 믿을 수 없어!

솔직하게 그냥 얘기해버리면 어떨까? "죄송하지만, 그건 착각인데요. 저는 소녀이며 그래서 파울이 아니라 파울라가 제 이름이거든요." 아냐, 그럴 수는 없었다. 그렇게 했을 때 어떤 일이 일어날지 나는 잘 알고 있었다. 학급 친구들은 너무 우스워서 의자에 드러눕게 될지도 몰랐다. 그리고 나는 영원히 웃음거리가 될 것이다. 물론 어쩌면 계속 '파울'이라고 불릴지도 모르고 아니면 '꼬맹이 소년'이라든가 비슷하게 웃기는 이름으로 불릴지도 몰랐다.

나는 조심스럽게 짧은 곱슬머리를 쓰다듬으며, 커다란 거울에 비친 나의 모습을 떠올려보았다. 머리카락은 충분히 짧았고 머리에는 핀이라든가 리본 같은 것도 꽂지 않았으니, 내가 여학생이라는 단서는 없었다. 다행인 것은 다른 여자아이들과는 달리 아직 가슴이 나오지 않았다는 사실! 그리고 지금 입고 있는 옷은 거의 대부분의 남자애들이 입는 옷이었다.

"고맙습니다." 나는 목쉰 소리로 답했고 가능하면 소년처럼 말하려고 노력했다. "적응을 잘 할 수 있을 겁니다."

칠판 곁에 서 있던 생크림 케이크는 딸기 입술로 호의적인 미소를 지어 보였다.

"가래 같은!" 내 짝이 나를 향해 쓴소리를 던졌다.

"스컹크!" 내가 응답했다.

"비비원숭이 엉덩이!" 나는 내 의지와는 달리 그의 공격성에 고무되어서 반응을 할 수밖에 없었다.

"멍충이!" 내가 반격했다.

"두꺼비 방귀!" 번개처럼 답이 돌아왔다.

그때 에어링 선생님이 우리의 설전을 방해했다. 우리가 계속 이런 식으로 설전을 펼쳤다면 분명 아이작이 나를 이겼을 게 분명함으로 여간 다행스러운 일이 아니었다. 나는 옆에 앉은 녀석을 경멸하지 않을 수 없었다.

"너희가 서로를 알고자 하는 마음은 충분히 이해한단다." 선생님이 환하게 웃는 얼굴로 말했다. 그녀는 다만 우리의 입술이 움직이는 모양만 보았을 뿐, 그래서 서로에게 사랑스러운 인사 말을 나눈다고 믿었던 것이다.

"하지만 너희들은 쉬는 시간에 계속 얘기를 나누었으면 좋겠구나. 보아하니 둘이 이해를 잘 하는 것 같은데, 아이작, 너는 나중에 파울에게 우리 학교를 좀 안내해주면 어떻겠니?"

아이작은 착한 표정을 지으며 선생님에게 고개를 끄덕였고 마음씨 넓은 형과 같은 인상을 확실하게 심어주었다. 물론 이런 인상의 배후에서 아이작은 손으로 내 허벅다리를 너무나 힘껏 꼬집는 바람에 수천 마리의 벌에 쏘인 것처럼 아팠다.

이런 고통에도 불구하고 기쁨과 더할 나위 없는 환희가 나를 감쌌다. 나는 학급 친구 모두를 속이는 데 성공했으니 말이다. 그들은 나한테 홀딱 속아 넘어간 것이다! 그 누구도 내가 정말 남학생이라는 사실을 의심하지 않았다.

나는 노력하지 않고도 금세 소녀 파울라가 겪게 될 어려움에서부터 해방되었고, 대신에 파울이라는 이름을 가진 악동으로 탈바꿈하게 되었다.

이 때문에 어떤 결과가 나올지 당시에 조금이라도 예감을 했더라면 좋았을텐데!

쉬는 시간을 알리는 종이 울리자마자, 나는 복도로 달려나가 제일 마지막 못에 걸려 있는 청재킷을 잡아당겼다.

재킷은 나에게 너무 컸을 뿐 아니라 온통 대가리가 둥글고 두툼한 못투성이였다. 등짝에는 MOTÖRHEAD라고 은박으로 커다랗게 박혀 있었고, 내가 걸치고 있자 재킷은 밑으로 축 늘어져서 먼지, 기름과 담배 냄새도 났다. 그야말로 대단한 습득물이다! 학교에 오면서 내가 입고 왔던 분홍색 재킷은 가능하면 빨리 버려야만 했다.

"내가 너 보모라도 되는 것처럼 착각할 필요는 없어!" 아이작이 말했다.

나는 강철로 된 통닭 조각에 기대고 있었는데, 조금 더 자세히 관찰하자 그것은 통닭구이가 아니라 죽은 말이 조각되어 있었다. 네 마리 말이 허공을 향해 쭉 뻗어 있는 조각이었다. 마침 그

때 아이작이 나에게 다가왔다. 운동장에는 오리들이 우글거렸
는데, 우리가 사료라도 던져줄까봐 잔뜩 기대하고 있었다. 오리
에게 사료를 주는 것은 금지되어 있었지만, 모두들 무시하고 그
렇게 했다.

"난 보모 따윈 필요없어." 나는 이렇게 말하고 특별히 살이 찐
오리를 향해 침을 뱉었다.

"다행이군. 어쨌건 착각하지 말라고!"

"난 착각 안 하거든. 여기에서 누군가 착각한다면 그건 너야!"

"내가 뭘 착각한다는 거야?"

"얘기하고 싶지 않아. 어디부터 시작하고 싶어?"

"뭘 시작해?"

"너 좀 느리구나, 그치?"

"무슨 뜻으로 하는 말이야?"

"넌 하루 종일 되묻기만 하네."

"너랑은 누구도 대화가 안 통할 걸!"

나는 이런 방식으로 끝없이 사람을 골려줄 수 있었다. 그것이
바로 내가 가진 강점이니까. 아이작은 제대로 화가 나 있었고
나는 만족감을 느꼈다. 나는 남자애들이 흔히 그렇게 하듯 삐딱
한 미소를 지어 보였다. 아이작은 자리를 뜨기 위해 나에게 등
을 돌렸다.

"항상 저렇게 행동하는 거야?" 내가 물었다.

"어떻게?" 알이 두꺼운 안경을 끼고 있는 소녀가 풍선껌으로 작은 분홍색 공을 불자 이어서 터진 껌이 얼굴에 붙었다.

"저렇게 불친절하냐구? 나한테 학교를 안내해주기로 했단 말이야!" 내가 말했다.

"맞아, 아이작에게 그렇게 하라고 에어링 선생님이 말했지." 소녀는 나에게 장단을 맞추어주고는 얼굴에 붙은 풍선껌을 조심스럽게 떼냈다.

아이작은 아무 말이 없었다. 다만 풍선껌을 불고 있는 소녀가 자신을 혐오하듯 아이작도 혐오하고 있다는 인상을 하고 소녀를 쳐다볼 뿐이었다. 아이작은 천천히 멀어져가기 시작했다. 나는 마치 아이작의 발꿈치라도 밟을 것처럼 딱 붙어서 따라갔다.

"이건 또 뭐하는 짓이야?" 아이작이 버럭 화를 냈다.

"네 뒤에 딱 붙어서 가잖아? 혹시라도 네가 깜빡 잊어버릴까봐." 내가 너무 딱 붙어서 따라가는 바람에 아이작은 하마터면 넘어질 뻔했다.

"야! 그만두지 못해? 바보같은 게!" 아이작이 큰소리로 외쳤다.

"그럴 생각 없거든? 넌 나한테 학교 구경을 시켜줘야 하거든. 그것도 당장!" 내가 응답했다.

햇살이 내 목덜미에 내리쬐었고 오리들은 학교 운동장에 흩어져 있는 빵부스러기, 고기 경단과 소시지를 보고 만족한 듯 꽥꽥거렸다. 호수에서 서늘한 바람이 불어왔다. 그사이 우리 주변으로 호기심에 찬 애들이 몇몇 모였다. 안경을 끼고 풍선껌을 불던 소녀 옆에 짧은 치마에 긴 다리의 소녀와, 작은 입에 커다란 가슴의 소녀, 작은 코에 큰 눈을 가진 소녀도 보였다.

거의 학급의 절반에 해당되는 아이들이 우리를 둘러싸고 있었다.

나는 아이작의 뒤를 계속해서 바짝 붙어다니며 뒷꿈치를 밟았는데, 이런 식으로 가면 아이작도 계속 참지는 못할 것이라는 점을 나는 분명하게 알고 있었다. 나는 우리를 따라오고 있는 학급 친구들의 눈에서 뭔가를 기대하고 있다는 느낌을 감지했고, 내 마음속에서도 긴장감이 증폭하고 있었다. 이제 올 것이 와야 하는 순간!

갑자기 아이작은 주변을 거칠게 둘러보더니, 마치 나무판에 못을 망치로 두들기기라도 하듯 내 입을 겨냥해서 주먹을 날렸다. 하지만 아이작은 너무 서투르게 주먹을 휘두르는 바람에 나는 아주 가볍게 그 주먹을 피했다. 나는 주저하지 않고 아이작의 팔을 잡았고, 몸을 구부려서 번개처럼 내 몸을 돌리자 아이작은 내 등을 미끄러져 땅에 코를 찍고 말았다. 이런 공격방식은 할아버지가 지금은 아련하지만 어느 여름날에 가르쳐주었다.

아이작은 자리에서 일어났다. 짧은 순간 우리는 서로 마주보고 서 있었다. 키는 거의 비슷했지만 아이작은 나보다 살집이 더 좋았다. 우리는 서로의 눈을 뚫어지게 쳐다보았고, 아이작도 나처럼 아주 재미있어 한다는 걸 분명히 알 수 있었다.

이어서 아이작이 나를 내동댕이쳤다. 그의 팔꿈치가 내 입을 찔렀고 그러자 내 입에서 피가 흐르기 시작했다. 내가 위를 쳐다보자, 짧은 스커트를 입은 소녀가 나에게 미소를 보내며 기묘한 인상을 지었다.

짧은 스커트를 입은 소녀가 바로 카티였다.

카티 옆에는 타우베 체육 선생님이 서 있었는데, 당시에 나는 그가 체육 선생님인지 몰랐으나 선생님인줄은 금세 알아차렸다.

"자자, 무슨 일이 벌어지고 있는 거냐, 너희 싸움닭들아!" 그가 쿨하게 물었다.

"얘가 오리 똥에 미끄러져서 코를 박았어요." 내가 아이작을 가리키며 설명했다. "그래서 제가 얘를 도우려고 했는데, 저도 그만 미끌어져서 입에서 피가 나게 되었구요."

"그래? 네 이름은 뭐냐?"

"파울입니다." 나는 내 이름을 소개했다.

"그 이름을 기억하마. 자, 이제 너희들 단정하게 보일 수 있도록 깨끗하게 씻어!"

아이작과 나는 남자 화장실을 향해 터벅터벅 걸어갔다. 우리는 아무 말도 하지 않았다. 나는 남학생이라는 새로운 역할에 너무 빠져 있던 바람에, 하마터면 아이작 옆에서 소변을 볼 뻔했다. 하지만 내가 할 수 없는 일도 있다는 것을 알게 되었다.

오후가 되자 태양이 창문을 통해 교실 안으로 들어왔다. 체육관 뒤에 있는 호수의 일부가 빛을 발했는데, 물은 에어링 선생님이 나에게 주었던 공책처럼 파란색이었다. 바깥에서는 제비들이 하늘을 획획 날아다녔다. 나는 점점 더 부어가는 내 입술의 피를 빨았다. 옆에 앉아 있는 아이작이 뭉그러진 코를 주무르고 있는 모습이 내 시야에 들어왔다.

"우리 배를 가라앉게 하는 놀이 할까, 쥐새끼야?" 나는 바둑판 무늬로 된 수학공책에서 종이 한 장을 찢어 그것을 아이작에게 슬쩍 밀었다.

담임 선생님이 집에 있는 애완동물에 관해서 애기를 하고, 우리들 가운데 누가 동물을 키우는지 알려고 하는 동안, 아이작과 나는 열 번이나 게임을 했다. 내가 여덟 번을 이기자 아이작은 상당히 화가 난 표정이었다. 내가 두 번 진 것도 모두 킬로이 때문이었다. 선생님이 우리 집에서 기르는 동물에 관해 물었고, 나는 개가 한 마리 있다고 대답하다가 그만 아이작에게 두 판이나 졌다. 킬로이는 지금 어디에 있을까? 언젠가 다시 만날 수 있을까? 어쩌면 나는 이제 개가 없다고 해야 하는 건 아닐까?

학급 친구들 대부분은 집에 어떤 동물이든 키우고 있었다. 프리다는 앵무새를, 카티는 셰틀랜드종의 조랑말을 키우고 있다고 주장했지만, 물론 이 조롱말은 시골에 있다고 했다. 아마이제는 앵무새를, 펩시는 목양견을, 네티는 고양이를, 지기는 수족관에 물고기를 키운다고 했다. 슈테판은 박쥐를 키우고 있었는데, 어느 날 박쥐의 날개 한쪽이 다치는 일이 생겼고 그래서 슈테판의 아버지는 박쥐를 죽여야만 했다고 얘기해주었다. 대니는 정원에 토끼장을 마련해두고 거기에서 토끼를 키웠고, 안경을 끼고 풍선껌을 터뜨리던 안나는 메뚜기를 키운다고 했다.

"새요." 선생님이 묻자 아이작은 그렇게 대답했다.

어떤 종류의 새인지 알고 싶다고 선생님이 말하자, 아이작은 이름을 까먹었다고 했다. 어떤 종류의 새든 색깔은 갈색이었다고 했다. 그러자 선생님은, 우리들 가운데 몇몇이 집에서 키우는 동물을 학교에 데려온다면 좋겠다고 말했다. 제발 선생님이 나한테 그런 부탁을 하지 않았으면 싶었다. 왜냐하면 잃어버린 개를 어떻게 찾아와야 할지 도무지 알 수 없었기 때문이다. 다행스럽게도 선생님은 아이작에게 그렇게 해줄 수 있느냐고 물었다.

"물론이죠." 아이작은 대답했다.

마지막 수업 시간이 끝나고 나자 아이작은 밖에서 나를 기다리고 있었다.

나는 의도적으로 어슬렁거리며 시간을 끌었다. 게다가 나는 내가 복도에서 슬쩍 훔쳤던 외투의 주인과 마주치고 싶지 않았다. 옷의 크기로 판단하건대 덩치가 꽤나 큰 녀석의 외투임에 틀림없었다. 그래서 나는 학급 친구들 모두가 순식간에 밖으로 나갈 동안 교실에 남아 있었다.

"어느 방향으로 가?" 아이작은 억지로 친절한 표정을 지으며 물었다.

나한테 원하는 게 뭐지? 아마 이 녀석은 나를 먼 곳으로 유인하여 된통 혼을 내줄 계획을 세운게 분명했다. 아이작은 그런 녀석으로 보였다.

"다른 방향이야." 나는 싸늘하게 대답했다.

"어떤 다른 방향?"

"너랑 다른 방향이라고."

아이작은 놀란 눈으로 내 외투를 쳐다보았다. 보아하니 물러설 눈치는 아니었다.

"그 외투는 어디에서 난 거야?" 아이작이 물었다.

뭔가 낌새를 챈 건가? 어쩌면 외투의 주인이 아이작을 끄나

풀로 보냈나? 그때 갑자기 나는 외투를 걸치지 않은 채로 우리 쪽으로 걸어오는 녀석을 보았다. 녀석은 내가 입고 있는 외투를 입으면 잘 맞을 것 같았고 얼굴은 불독 같은 인상이었다. 만화영화를 보면 항상 작은 개의 꼬리를 물려고 달려드는 그런 불독 말이다. 추위로 인해 이 덩어리의 팔은 희멀건 분홍색을 띠었고, 저녁 때는 아령이나 역도를 들고 운동할 게 틀림없었다.

나는 아이작을 바라보았고 내 안에서 뭔가 사악한 기운이 도는 느낌이었다.

"이거 마음에 드냐?" 내가 물었다.

아이작이 고개를 끄덕였다.

"그러면 이 외투 너나 가져! 난 어차피 마음에 안 들거든."

나는 급하게 외투를 벗어서 아이작에게 던져주었다. 아이작은 당황스러운 표정을 지었지만 이내 외투에 팔을 넣기 시작했다. 물론 이때 건장한 덩어리가 점점 우리 곁으로 다가오고 있었다. 덩어리는 마침내 자신의 외투를 발견했다. 그는 마치 천천히 두뇌에서 생각을 돌리고 있는 것 같은 고통스러운 인상을 지었다. 이 외투가 자신의 것이라는 확신을 갖게 되면, 그와 같은 생각이 굵고 억센 덩어리의 목을 관통하여 다리의 근육으로 이동할 것이고, 그런 다음에는 놀라울 정도로 빠른 몸짓으로 우리에게 다가올 게 분명했다. 나는 가만히 서서 당하고 싶지 않았다.

"고……마운데, 그렇지만……" 아이작은 말을 더듬거리며 무슨 말을 해야 할지 모르는 것 같았다.

"고맙긴! 이제 나는 가봐야 해!" 나는 고함을 지르고 달리기 시작했다.

"잠깐! 우리, 친구할래?" 내 뒤쪽에서 소리가 들려왔다.

"아니!" 나는 고소한 마음으로 대꾸를 해주었다.

시들어버린 민들레꽃의 하얀 씨들이 날아다니다가 나에게 부딪혔고, 민들레꽃은 환하게 빛이 났다. 엉겅퀴와 쐐기풀이 내 정강이뼈에 닿았을 때는 따끔거리며 아팠고, 나는 호수를 거쳐서 불어오는 시원한 바람을 한껏 들이마셨다.

"학교는 어땠어?" 내가 문을 열고 들어가자 어머니가 큰소리로 물었다.

"항상 그렇지 뭐." 나는 더 이상 나에게 질문하지 않기를 바라며 대답했다.

사실 나는 몇 시간 전에 소년이었다고 어머니에게 말하고 싶지는 않았다. 원치도 않으면서 당신의 딸이 아들로 탈바꿈하게 된 사건을 설명하고 싶지 않았다.

위층 내 방에서 할아버지가 연주하는 첼로 소리가 들려왔다. 이 소리는 달콤한 꿈을 꾸는 신이 부드럽게 코를 고는 소리 같았다.

거실에서는 군나르가 등받이가 없는 까만색 의자에 앉아 균형을 잡고 있었다.

군나르는 긴 옷자락이 바닥까지 흘러내리는, 일종의 신부들이 입는 옷 같은 것을 입고 있었다. 하얀색 모자도 쓰고 있었는데, 면사포를 통해 고통에 절어 있는 인상을 어느 정도 엿볼 수 있었다. 소화불량과 현기증, 그리고 할아버지가 불시에 거실로 내려와서 부적절한 분장을 중단시킬지도 모른다는 그런 두려움이 서려 있는 인상이었다. 군나르는 고상하게 팔을 쭉 편 상태에서 하얀색 양산을 들고 있었다.

"왜 여자처럼 옷을 입지 않는 거야?" 군나르는 나를 보자 물었다.

나의 어머니는 군나르를 스케치하는 중이었다. 물론 군나르의 얼굴은 그리지 않았다. 어머니는 다양한 여성 잡지에 그림을 그렸고, 대중소설에 들어가는 인기 있는 그림도 그렸다. 이런 일을 해서 어머니는 우리 집 생활비를 벌었다. 어머니는 모델을 따로 두지 않았으므로 항상 군나르 아저씨와 내가 모델이 되어주고는 했다.

"아저씨가 나한테 옷을 빌려줄래요?" 나는 아주 귀엽게 미소 지으며 말했다.

"사악한 네 입 좀 다무는 게 어떻겠니? 왜 넌 항상 우리를 화나게 하는지 모르겠단 말이야. 부엌에 가서 감자나 좀 올려놓으렴. 배가 고파서 죽을 거 같으니까." 어머니가 말했다.

"오케이!"

군나르 아저씨를 스치며 지나가는데 나는 또 사악함이 발동하고 말았고, 그래서 불쌍한 아저씨를 마치 빙판 위에서 어찌할 바 모르는 얼음공주처럼 그만 휙 돌려버리고 말았다.

쿠당탕하는 소리를 들었을 때 나는 감자를 막 세 개째 껍질을 벗기는 중이었다.

5.

일반적인 상황을 관찰하고, 구매를 하고,
옛 지인을 발견하고 아무런 잘못도 안 했지만 비난을 받게 되는……

지하철은 덜컹거리는 소리와 함께 나의 어머니와 군나르 아저씨와 멀어졌다. 도시 남쪽의 이 외곽지역은 광기에 넘치는 고층빌딩, 미끄럼틀만 여러 개 구비해둔 옹색한 놀이터, 더러운 빌라와 깨끗하게 단장한 집단 주택들로 들어차 있었는데, 이런 광경은 왠지 우울해 보였다. 오후의 태양이 창문에 비쳤고 나는 내 상황에 대해 깊이 생각했다.

이 모든 일은 어떻게 끝이 날까? 우리 집에 있는 모든 시계들은 내 상황이 심각해질 뿐이라고 알려주었다.

나는 학교에서 얼마 동안 소년처럼 행동할 수 있을까? 만일 학교에서 나의 허세를 알아차리게 된다면, 도대체 어떤 일이 일어날까? 상상만 해도 소름이 돋았다. 어느 날 내 가슴이 자라기 시작할 것이고 그러면 나는 고백할 수밖에 없다. 아냐, 가슴을 천으로 동여맬 수도 있지 않을까? 옛날 중국에서는 어린 소녀들의 발을 그런 식으로 꽁꽁 묶었다고 하지 않았나?

지금부터 나는 위험천만하게 이중적인 생활을 해야만 했다. 집에서는 여전히 어린 소녀였지만, 학교에 가면 친구들에게 나는 소년이었다. 만일 학교 친구들 가운데 우리 집에 오고 싶어 하는 애가 있다면 어떻게 하지? 그런 일은 미리 막아야만 했다. 담임 선생님과 이야기하러 어머니가 학교를 방문하는 일도 역시 막아야만 했다.

가장 좋은 해결책은 내일 아침에 진실을 토해내는 것인지 몰랐다. 미안해요, 그냥 재미로 그렇게 행동했는데, 사실 저는 여자거든요…… 시간이 가면 갈수록 나는 더 얽히고설키게 될 게 분명했다.

아냐, 나는 그렇게 못해! 내가 진실을 얘기하고 나면 어떤 일이 일어날지 상상하는 것도 참을 수 없었다. 멍청한 아이작에게는 통하겠지! 하지만 나한테 친절하게 구는 희멀건 담임은 나를 어떻게 생각할까? 물론 내가 정신적으로 약간 결함이 있는 애라고 생각하겠지.

따라서 스토리는 계속 진행되어야 하고, 그것이 어떻게 진행되든 그래야 했다!

이 모든 것은 바로 모자쟁이 우둔한 아저씨 때문이야!

군나르 아저씨 때문에 모든 일이 시작되었다. 만일 그가 함께 살자고 내 어머니를 부르지 않았다면, 우리는 절대로 이런 외풍이 심한 나무집으로 이사오지 않았을 것이다. 그랬다면 킬로이도 잃어버리지 않았을 테고. 그러면 나는 예전 학교에 계속 다니면서 남학생으로 변신하지 않아도 되었을 것이다. 또한 어머니와 나는 바구니에 음료수랑 소시지를 잔뜩 채워서 피크닉을 갔을 것이다. 여기에서 나는 생각을 멈춰야만 했다.

나는 에스컬레이터를 타고 밝은 지상으로 올라가고 있었다. 군나르 아저씨는 새 옷을 사입으라고 나에게 돈을 주었다. 하지만 오토바이 폭주족이 즐겨 입는 그런 외투를 살 계획이었다.

"예쁜 옷 사입어!" 내가 길을 나서자 군나르가 부탁하는 어조로 말했다.

"그럴게요." 나는 교묘한 미소를 흘리면서 대답했다.

나는 가게를 이리저리 돌아다니면서 쇼윈도 안을 들여다보았다.

오후라 해가 있기는 했지만 나는 티셔츠만 입고 있어서 오한이 들었다. 거대한 백화점 건물 뒤쪽에 좁은 거리가 있었고 이곳에 가게들이 줄지어 있었다. 이런 가게들은 하나같이 시끄러운 음악을 틀어두었고 선반에는 멋진 카우보이 장화, 부츠, 유리구슬, 흐늘흐늘한 남자용 바지, 코르셋과 유니폼 외투로 가득 차 있었다. 나는 어떤 옷가게에서 약간 닳아빠진 외투와 검정색 바지를 발견했는데, 내가 원하는 바로 그런 옷이었다. 이 옷을 구입해서 입은 다음 나는 쇼핑구역을 어슬렁거리며 걸었다.

극장 근처에서 오하이오라는 가게를 지나갔는데, 이곳에서는 가죽과 머릿기름 냄새가 났다. 가게 벽은 하드 록 그룹들의 포스터로 도배되어 있었고, 쇼윈도에는 돌돌 말아둔 가죽채찍이 진열되어 있었다. 바로 내가 찾는 물건이었다.

나는 티셔츠, 배지, 헤어밴드와 단추가 들어 있는 상자를 뒤져서 마침내 멋진 티셔츠를 발견했다. 티셔츠에는 밑으로 뚝뚝 떨어지는 글씨로 '지옥의 불'이라고 씌어 있었다. 글자 밑에 분홍색의 악마가 온통 분홍색 불길에 휩싸인 바다 호수에서 춤을 추고 있었다. 그 밖에도 나는 검정색 벨트도 구입했는데, 마치 개 목줄처럼 생겼고 뾰족한 대갈못이 박혀 있는 그런 벨트였다. 이 벨트에 어울리는 팔찌와 그리고 록그룹 '스크림'과 '악마의 독거미'가 찍혀있는 단추와 배지 몇 개를 샀다. 이 모든 장치를 몸에 걸쳤을 때, 나는 만족스러운 기분이었다. 이제 그 누구도 나를 어린 소녀로 보지는 않을 것 같았다!

또한 나는 남학생들이 입는 팬티 브랜드인 올림피아를 구입했는데, 팬티를 보고서 하마터면 숨이 멎을 뻔했다. 나는 정말 어색해서 미치는 줄 알았다.

그런데 헤르페우스 분수 뒤에 완전히 지친 회백색 들개가 보였는데, 두 귀와 꼬리는 축 처져서 슬퍼 보였고 다리 하나는 분숫가에 올려놓고 있었다.

킬로이가 틀림없었다!

하지만 꼬락서니가 뭐람! 바짝 말랐을 뿐 아니라 병들어 보였다. 개는 뒷다리를 질질 끌고서 야채와 과일 가게 쪽으로 절뚝거리며 갔다. 아마도 음식물 쓰레기 중에서 먹을 게 있는지 살펴보기 위해서였을 것이다.

마침내 나는 정신이 번쩍 들었다.

"킬로이! 킬로이! 오라질!" 나는 마치 미친 사람처럼 울부짖었다.

시장을 잔뜩 봐서 장바구니를 가득 채운 할머니들과 어린아이들, 검은색 서류가방을 들고 있는 직장인 남자들 사이를 뚫고, 박박 민 머리에 작은 종을 들고 오렌지색 싸구려 옷을 입고 있는 한 무리의 사람들을 뚫고 내가 서둘러 뛰어갔을 때, 사람들은 나를 이상하다는 듯 돌아다보았다. 댕그랑거리는 소리를 내며 대머리들이 부르는 노랫소리에 그만 내 고함소리는 파묻혀 버렸다.

마침내 내가 속도를 내기 시작해서 킬로이를 잡을 수 있을지도 모른다는 희망을 가졌을 때였다. 하필이면 이렇듯 중요한 순간에 짧은 회색 머리를 한 남자가 롤러스케이트를 타고는 빌딩 사이에 있는 길에서 튀어나왔다.

그는 손에 커다란 벽보를 들고 있었는데 '동물실험 반대'라는 글귀가 새겨져 있었다.

나는 그를 피할 도리가 없었다.

내 오른쪽 발이 롤러스케이트를 탄 남자의 왼쪽 신발에 걸려 버렸다. 나는 술 취한 고라니처럼 어깨, 팔과 배를 비틀다가 마지막에 가서 균형을 완전히 잃고는 겨우 뭔가를 붙잡는 바람에 충격을 줄일 수 있었다. 본능적으로 붙잡은 게 바로 곁에 있는 물건이었고, 불행하게도 그것은 손가방이었다.

"도둑이야! 내 가방! 도와줘요! 누가 나를 덮쳤어요. 젠장 왜 아무도 안 도와주는 거야!" 나를 향해 고함을 지르는 누군가의 목소리가 들려왔다.

노파의 목소리였는데, 할머니는 검은색 외투를 걸치고 갈색

깃털을 꽂은 양모를 쓰고 있었다. 그녀는 다리를 벌벌 떨며 불쌍한 나를 손가락으로 가리키고 있었다. 그때 나는 막 나파가죽으로 된 갈색 손가방을 든 채 바닥에 고꾸라졌다.

나는 완전히 곤란한 상황에 처하게 되었다!

"누가 내 손가방을 훔쳐 갔어요! 왜 아무도 도와주지 않는 거요?"노파가 고함을 질렀다.

나는 자리에서 일어나 여전히 나를 비난하듯 가리키고 있는 노파의 팔에 손가방을 걸어주었다. 팔에 걸려 있는 손가방은 작은 깃발처럼 흔들거렸다.

"죄송해요, 실수를 범했습니다."나는 냉정하게 설명했다. "넘어지는 바람에 균형을 잃지 않으려고 손가방을 잡았을 뿐이거든요. 그러니까 훔칠 의도는 전혀 없었어요!"

그사이 한 무리의 사람들이 호기심을 품고 우리 주변으로 몰려들었다.

"무슨 일이죠?"누군가 말하는 소리가 들렸다.

"이 꼬마가 숙녀분의 손가방을 훔치려고 했답니다."누군가가 그렇게 알렸다. "술도 마신 게 분명해요. 제대로 서 있지도 못하는 걸 보니."

"아유 끔찍하네. 아직 어린애같이 보이는데. 어떻게 노파의 물건을 훔치려 했을까, 정말."

주변의 분위기가 점점 심상치 않게 돌아갔다.

"요즘 애들은 점점 파렴치해진다니까." 어쩐지 익숙한 목소리였다.

내가 좀 더 유심히 관찰하자, 목소리의 주인공은 바로 악셀손이었다. 무리들로부터 약간 앞으로 나와서 이제 눈을 깜박거리며 이 광경을 구경하고 있었다. 바로 우리 옆집에 살고 있으며, 보기 흉한 널빤지로 담을 세워두었고, 고양이와 벌을 키우며 혼자 사는 악셀손이었다.

나를 알아봤을까? 그의 눈을 보니 그런 것 같았다.

"저 소년을 한 번 본 적이 있어요. 바로 우리 동네에 살고 있답니다. 새로 이사왔지요. 아주 친절한 이웃이죠, 안 그래요?" 그는 열광하듯 떠벌렸다.

"하지만 고의로 그런 게 아니라니까요." 나는 애원하며 말했다. "정말 가방을 훔칠 의도가 없었다구요. 다만 롤러스케이트에 걸려 넘어질 뻔했고, 그래서 안 넘어지려고 재빨리 잡은 게 가방이었을 뿐이라구요. 왜 아저씨는 제 말을 믿지 않아요?"

나는 호기심으로 모여든 사람들을 뚫고 지나가려고 했으나, 자신이 직접 뜨개질한 스웨터를 입은 덩치 큰 남자로 인해 성공하지 못했다. 그가 내 어깨를 덥석 잡았다.

"아니지 꼬마야, 넌 여기 있어야 해. 도망칠 생각은 말라구."

덩치가 말했다.

이제 무슨 일이 일어나게 될까?

나는 킬로이가 아직 거기에 있는지 알아보기 위해서 구경꾼 두 사람 사이에 벌어진 틈으로 밖을 엿보았다. 나는 킬로이가 머리와 꼬리를 축 떨어뜨린 채 바로 옆에 있는 골목으로 들어가는 모습을 본 것 같았다. 또 다시 사라지면 안 되는데!

하지만 킬로이는 다시 사라져버렸다.

나는 내 어깨를 잡고 있는 손을 떼내려고 했으나 그렇게 할 수 없었다. 급기야 경찰관까지! 조롱박처럼 생긴 작은 배 하나를 손에 쥐고 있는 여자 경찰관이었다.

"무슨 일이죠?" 여자 경관이 물었다.

"드디어 오셨네요." 악셀손이 한숨을 내쉬며 반겼다. "저 녀석입니다! 노파의 손가방을 훔치려고 한 녀석이요! 저 버릇없는 놈은 술에 취하기까지 했어요. 당장 체포하시면 됩니다!"

하지만 여자 경찰관은 동요하지 않고 차분하게 행동했다. 우선 그녀는 질겁한 노파를 달래주더니 손가방에서 잃어버린 물건이 없다는 것을 확인했다. 그리고는 구경꾼들 모두에게 무슨 일이 일어났는지 물어보았다. 그리고 여자 경찰관은 롤러스케이트를 타는 남자도 콘서트장의 계단에서 발견했는데, 그는 나와 부딪히면서 떨어뜨린 광고지를 막 주워담고 있었던 것이다. 이 남자는 내가 정말 자신의 코앞에서 달려갔었다고 말했다. 그 이후에 무슨 일이 일어났는지는 모른다고 했다. 자신도 나와 충돌한 뒤에 여성 속옷을 판매하는 가게의 쇼윈도와 부딪혔다며 말이다.

내 차례가 되었을 때 나는 모든 얘기를 털어놓았다. 킬로이를 어떻게 발견했으며, 얼마나 사력을 다해 달려갔고 또 롤러스케이트를 타는 남자의 발에 걸려서 넘어질 뻔하다가 그것이 무엇인지도 모르고 손가방을 붙잡게 된 사연이었다.

여자 경찰관은 배를 한 입 베어 물었다. 그녀의 입가에 수수께끼 같은 미소가 엿보였다. 웃음을 참기 힘든 것 같은 표정이었다.

구경꾼들의 눈에 나는 이미 죄를 범한 사람이었다. 그들 가운데 가장 끔찍한 사람은 이웃집 아저씨 악셀손이었다.

"질문을 할 필요도 없지 않나요?" 악셀손이 계속 말했다. "이 새끼 강도를 체포해서 가면 끝나지 않나요? 데려가서 흠씬 패주는 게 최고죠! 이런 소동이 다 무슨 소용이랍니까? 여자들은 경찰에 가면 안 돼요. 여자들은 집으로 가서 아이들 교육을 시켜야죠. 어릴 때 도둑이 안 되도록 말입니다. 안 그렇소?"

갑자기 여자 경찰관이 내 팔을 덥썩 잡더니 구경꾼들을 뚫고 나를 밀었다.

"너는 나랑 같이 가는 거야!" 그녀가 쌀쌀맞은 목소리로 말하고서는 나를 계속 질질 당겼다. "더 이상 바보 같은 짓은 하지 마!"

드디어 일이 터졌던 것이다! 내 눈앞에서 펼쳐지고 있는 일이 너무나 낯설어서 나는 울지도 못했다. 도대체 누가 나를 믿어주겠나? 나는 원치는 않았지만 질질 끌려가야만 했고 점차 구경꾼들이 흩어지기 시작했다. 이제 나에게 어떤 일이 생길까? 경찰서에 데려가서 나를 계속 심문할지도 몰랐다. 당연히 또 우리 집에 전화도 할 것이다. 어머니는 어떻게 받아들일까? 나를 믿어줄까? 반드시 그렇다고 확신할 수도 없었다. 군나르 아저씨는 분명 내가 책임이 있다고 믿을 것 같았다. 만일 어머니가 정말 내가 불쌍한 노파에게 그렇듯 나쁜 짓을 할 수 있다고 믿는다면, 그것이야말로 세상에서 가장 끔찍한 일이었다. 그러면 내 편이 되어줄 사람이 아무도 없을 테니까.

내 생각에 너무 깊이 빠져 있는 바람에, 내 볼을 누군가 쓰다듬자 나는 몸을 움츠렸다.

"뭐야, 왜 그렇게 고개를 푹 숙이고 있어?" 내 옆에서 부드러운 목소리가 들려왔다. "구경꾼들이 모두 사라져서 다행이지, 그렇지?"

내 눈을 의심할 필요가 없다면, 나는 여자 경찰관이 큰소리로 웃음을 터뜨리는 것을 보았다.

"너를 내가 체포했다고 믿은 거야? 물론 내가 너를 너무 꼭 붙들고 끌어당기기는 했어. 하지만 그렇게 해야 사자굴에서 나올 수 있었기 때문이었지." 그녀의 설명이었다.

여자 경찰관은 이제 내 팔을 가볍게 잡고 내 옆에서 사뿐사뿐 걸었다.

"미친 이야기였어." 여자 경찰관이 계속 말을 이었다. "재수가 없었다면 너는 큰일을 당할 뻔했구나. 이제 너희 개를 한번 찾아보도록 하자."

우리는 쇼핑구역 전체를 샅샅이 돌아다녔지만 킬로이의 흔적은 찾을 수가 없었다. 녀석은 그야말로 사라져버렸던 것이다. 그나마 위안이 되는 사실은 아직 살아 있다는 것. 물론 내가 본 개가 킬로이라는 전제가 맞다면 말이다. 우리는 주변을 조금 더 돌아다녀본 뒤에 마침내 킬로이를 찾는 작업을 그만두었다.

집에 가기 위해서 지하철을 타려고 땅 밑으로 내려가기 전에, 여자 경찰관이 나에게 윙크를 했다.

"조심해!"

집에 도착했을 때는 이미 날이 어두웠다. 군나르는 회의가 있어서 아직 퇴근하지 않았다고 했다. 잘된 일이었다. 어머니는 색소폰을 불기 위해 할아버지 방에 올라가 있었다. 두 사람이 2층에서 합주하는 소리가 들렸다. 그런데 마치 둘이서 담소를 즐기는 것 같았다. 부드럽고 어두운 소리를 내는 첼로와 야생적이면서도 동시에 부드럽고, 씩씩거리고, 웃으며 흐느끼는 색소폰의 어울림. 두 사람은 말로는 표현할 수 없는 사물에 대하여 평화롭게 담소를 나누고 있었다. 그들은 내가 태어나기 훨씬 이전의 시대와 관계를 떠올리며 연주를 하고 있었다.

나는 새로 구입한 배지를 외투에 붙이고는, 이 배지에 붙어 있는 섬유풀이 옷에 딱 붙어 있도록 눌러주기 위해 다리미를 가져왔다. 그런 다음에 물을 끓여서 꿀과 우유를 섞어서는, 거실에 있는 마호가니 침대에 웅크렸다. 나는 담요를 가져와서 귀까지 덮었고 이렇게 함으로써 휴식을 찾고 싶었다. 하지만 불가능했다. 생각은 박쥐처럼 내 머릿속을 헤집고 다녔다. 열두 살 생일을 맞이한 아침부터 나흘이 흘러갔지만, 마치 나는 몇 년이 지나간 듯한 느낌이 들었다. 점점 더 빨리 돌아가는 회전목마에 앉아 있는 듯 했다. 다음에는 또 무슨 일이?

나는 예전에 할아버지의 어머니 물건이었던 예언구슬을 가져왔다. 분홍빛이 아른거리는 저녁 빛이 유리구슬을 뚫고 들어가서는 온화한 빛으로 채웠다. 창 앞에서 바람으로 춤을 추는 나뭇가지로 인해 구슬은 작은 등대로 변했다. 켜졌다가 꺼지고 그리고 다시 켜졌다가 꺼지는. 잠시 후에 구슬은 마치 거칠게 변해버린 환등기처럼 불꽃을 튀기더니 여러 장의 그림을 보여주었다. 훨훨 나는 한 무리의 새들, 시커먼 구름, 깁스를 한 다리, 스톡홀름 뫼야 섬에 있는 할아버지의 집, 백조 한 마리, 솨솨 소리를 내는 물…… 예언구슬은 다시 꺼지더니 완전히 어두워졌다. 나는 구슬을 두들겨보았으나, 다시 살아날 기미가 없었다.

나는 구슬을 발 밑으로 밀었고, 벽쪽으로 몸을 돌려서 뜬눈으로 잠을 청해보았다.

6

나는 멋지게 옷을 입고 다니고, 아이작은 나에게 복수를 하고,
우리는 아지트로 이용할 창고를 찾지만 정작 나는 나 자신을 거의 잊어버리는……

"아직도 안 끝났어? 도대체 안에서 뭘 하는 거야?" 군나르가 화장실 밖에서 신음소리를 냈다.

군나르가 화장실문을 너무 세게 두드리는 바람에 욕실장 안에 있는 어머니의 용품들이 덜그럭거렸다. 어머니가 사용하는 작은 깡통이며 작은 병들이 신나게 날뛰었다.

군나르가 진정할 수 있도록 나는 일단 변기의 물을 내렸고, 그런 다음에 부엌용 가위로 곱슬머리를 조금 더 잘랐다. 세면대 위로 떨어지는 내 머리카락은 완전히 까만색이었는데, 원래는

흑갈색이었다.

"조금만요! 곧 끝나요!" 나는 문을 향해 부드럽게 소리를 질렀다.

거울을 보자 내 모습이 마음에 들었다. 나는 몇 센티미터 정도 머리카락을 더 짧게 잘랐다. 이제 나는 동물인형처럼 보이지 않았다. 머리 전체가 고르지는 못했지만, 그다지 보기가 흉측하지는 않았다. 머리카락을 짧게 자르자 내 얼굴은 좀 더 길어졌고 눈은 더 커 보였다.

"너 그 안에서 살 생각이냐 도대체 뭐야?" 군나르가 고통스럽게 절규했다.

"대기만성, 그거라고요!" 나는 무덤덤하게 말하고는 세면대 위에 떨어진 머리카락을 쓸어서 변기에 넣어 물을 내렸다.

새 옷도 입었고 이제 남학생으로서 새로운 날을 시작할 준비를 했다.

"드디어!" 내가 문을 열었을 때, 군나르는 화장실 안으로 뛰어들어와 나와 부딪혔다.

그러고 나서 놀란 얼굴로 그 자리에서 꼼짝하지 않았다.

"세상에, 너 모양새가 왜 이렇냐?" 군나르가 큰소리로 말했다. "여학생의 머리가 왜 이 모양이야? 그리고 옷은 또 왜 그래?"

"예쁜 옷 사입으라고 했잖아요." 나는 순진무구하게 대꾸했다.

"너 정말 그런 차림으로 학교에 갈 거야? 선생님이 뭐라고 하겠어?"

"우리 반 여학생들 모두 이런 차림이에요." 나는 거짓말을 했다. "우리 선생님도 마찬가지구요."

그러고 나서 나는 자리를 떴다. 더 길게 입씨름할 기분이 아니었다. 갑자기 추워진 5월의 날씨라 바깥으로 나가기 전, 나는 부엌에서 바나나 몇 개와 오렌지를 챙겨서 가방에 넣었다.

선생님은 교탁 앞에 앉아 있었다. 누군가 속임수를 쓰지 않을까 살펴보기 위해서 넓게 보는 안경을 끼고 있었다. 안경 뒤에 있는 선생님의 두 눈은 살아 있는 동물을 공격해서 먹는 남미의 작은 민물고기 피라냐처럼 주변을 철저하게 살폈다. 우리는 책상도 서로 거리를 둘 수 있게 밀어야만 했다. 사삭거리며 연필이 지나가는 나지막한 소리와 지우개 소리조차 지극히 조용했다.

나는 아이작을 흘깃 쳐다보았다. 녀석은 몸을 구부리고 시험을 치고 있었고, 볼펜으로 코를 후벼파고 있었는데 뭔가 문제가 있는 것처럼 보였다. 좋았어! 잘된 일이야! 오늘 아침 정확하게 두 번째 종이 울렸을 때 아이작이 빨간색 지프차를 타고 운동장에 내렸을 때부터, 녀석은 나를 쳐다보지 않았다. 아이작의 아버지도 자동차의 경적을 울림으로써, 모두가 멋진 지프차에서 내리는 그들의 모습을 보게 했다.

아이작의 오른쪽 귀가 발갛게 부어 있었다. 그리고 아랫입술 역시 두툼했는데, 내 입술보다 훨씬 두꺼웠다. 내가 슬쩍해서 입었던 외투의 주인공은 어지간한 덩치였으니, 아마 어제 아이작에게 제대로 매질을 해준 게 틀림없었다. 나의 악의에 찬 심장이 환호를 질렀다. 흠씬 맞았으니 저 떠버리도 입을 다물겠지!

나는 벌써 시험지를 완성했다. 영어는 내가 좋아하는 과목이었다. 오늘 우리가 시험을 보게 될 것이라고 아무도 말해주지 않았다. 하지만 나는 예전부터 알고 있던 지식을 그냥 불러오기만 하면 되었다. 실력 있고 조용한 소녀였을 때 알고 있던 지식 말이다. 시험지에 답을 다 썼으니 나는 주변을 둘러볼 여유가 있었다.

교실 벽 한 곳에는 여러 가지 그림이 걸려 있었다. 대부분은 서투른 낙서 수준이었다. 도널드 덕을 스케치한 그림 여러 장, 기타 연주자, 나무와 연기가 올라가는 굴뚝이 있는 집, 그리고 하늘 높이 펄럭이는 깃발을 그린 그림이었다. 지기는 소형 오토바이를 그렸고, 대니는 녹색 뱀을, 카티는 가슴이 엄청나게 큰 소녀를 그렸다.

그런데 딱 한 가지 그림이 다른 그림과 달랐다.

그것은 은회색 물 위를 날아가고 있는 백조를 그린 그림이었다. 새의 발은 회색 물의 표면을 지나가면서 하얀색 거품으로 흔적을 남겼다. 날개는 비스듬한 각도에서 활짝 편 채 있는 힘을 다해 날았고, 목은 앞으로 나와 있었다. 나는 이 그림이 왜 마음에 드는지 몰랐다. 어쩌면 이 그림은 다음 순간이면 사라져버릴 그런 순간을 정확하게 포착했기 때문인지 몰랐다. 백조는 마치 천사처럼 모든 회색빛에서 두드러졌는데, 회색 하늘과 회색 호수의 중간에 떠 있었다.

집중해서 보았을 때, 그림의 아래쪽 오른편 구석에 '아이작'이라는 이름이 보였다.

서명을 확인하자마자, 나는 내 어깨를 뭔가 찌르는 게 느껴졌다. 아이작이었다. 내가 그를 보려고 몸을 돌렸을 때, 아이작은 똘똘 뭉친 종이를 내 책상 위로 던졌다. 완전히 이성을 잃었나? 선생님이 눈이 멀었다고 믿는 거야? 아이작이 그렇듯 서투른 행동을 하리라고 나는 감히 상상조차 할 수 없었다. 그림을 잘 그릴 수 있을지는 몰라도, 속임수나 커닝을 하는 재주는 없었다. 피라냐의 눈이 안경 뒤에서 번쩍였다. 아니나 다를까 그녀의 몸통을 고려해보면 가히 놀라운 속도로 선생님은 아이작에게 다가가더니 내 책상 위에 놓여 있는 똘똘 뭉친 종이를 낚아챘다.

선생님은 분노로 씩씩 김을 내뿜었고 생크림 케이크라는 별

명과는 전혀 닮은 구석이 없었다.

"어떻게 내 코 앞에서 이런 속임수를 쓸 생각을 했니?" 담임 선생님은 아이작에게 분노를 폭발했다. 아이작이 불쌍했다. 담임의 분노를 견뎌낸다는 것은 결코 아이들이 감당할 수 있는 일이 아니었다.

"속임수를 쓰지 않았어요." 아이작은 나약하게 반기를 들었다.

이보다 더 형편없는 반응은 없을 것이다. 참으로 단순한 변명이었기에 말이다. 사실 아이작은 종이를 던지다가 현장에서 붙잡혔으므로, 모든 것을 용서해달라고 싹싹 비는 게 최고였다.

"뭐라고?" 담임은 씩씩대며 숨을 더 헐떡거렸다. "거짓말까지? 어떤 상황에서도 내가 참지 못하는 게 두 가지 있어. 하나는 커닝이나 속임수. 두 번째는 거짓말이지. 아이작, 너는 두 가지 모두 범했어. 부끄럽지 않니?"

"전 정말 속임수를 쓰지 않았다니까요. 그 점에 있어서 하나도 부끄럽지 않다구요." 아이작이 고집스럽게 대꾸했다.

아이작은 약간 둔하거나 그렇지 않으면 의도적으로 담임을 자극할 의도가 있었다. 하지만 이렇게 해서 아이작에게 이득이 될 게 뭐가 있지?

교실 안에는 차가운 기운이 맴돌았다. 모두들 잡고 있던 볼펜과 만년필을 놓았다. 자신의 만년필을 자근자근 씹다가 가끔 공책에 뭔가 기록하던 안나가 마지막으로 만년필을 손에서 놓았다. 담임은 고문하듯 느린 속도로 종이를 허공에 흔들었는데, 마치 사용한 손수건을 쥐고 있는 것 같은 인상을 짓고 있었다.

"그럼 이건 뭐니? 연애편지라도 된다는 거야?" 담임이 물었다.

"아뇨." 아이작이 대답했다.

"그렇다면 무슨 내용이 적혀 있는지 보고 싶구나. 네가 직접 읽을래, 아이작?" 담임이 말했다. "선생님이 읽으셔도 됩니다." 아이작이 대답했다.

담임은 똘똘 뭉친 종이를 펴고는 내용을 대충 훑어보았다. 내 책상 위에 있을 때 재빨리 그 종이를 삼켜버리는 건데! 담임은 종이를 들고 여전히 서 있었고 우리는 이제 무슨 일이 일어날지 대기하고 있었다.

"사과를 해야 될 것 같구나." 담임은 냉랭한 목소리로 말했다. "미안하다, 아이작. 내가 지나치게 흥분을 했어. 자, 이제 이 종이에 무슨 내용이 적혀 있는지 들어보렴. '헛다리 짚었어, 파울, 나는 커닝하고 싶은 생각이 없거든. 파렴치한 커닝쟁이! 하려거든 다른 사람한테나 알아봐!' 아이작(서명)."

내 위가 오그라들었다. 이렇게 똑똑할 수가! 아이작은 어리숙한 듯 행동을 하면서 나를 최후의 커닝 시도자로 몰아가는 데 성공했던 것이다! 이제 나야말로 덫에 제대로 걸려버렸다. 나는 소름이 쫙 끼쳤지만 아이작에게 모종의 존경심마저 느껴졌다.

담임은 나를 향해 몸을 돌렸다.

"너였군." 그녀가 말했다.

담임은 내가 옆으로 밀어둔 시험지를 잽싸게 낚아채더니 조각조각 찢어버렸다.

"자, 네 시험지는 이렇게 하는 편이 좋겠구나, 파울." 담임이 말했다. "쉬는 시간에 우리끼리 얘기도 좀 해야겠지?"

아이작을 흘긋 쳐다보았을 때, 나는 그의 시선과 마주쳤다. 아이작은 광기와 행복함 그리고 진심이 담긴 그런 미소를 날리고 있었다. 그는 복수를 했고, 그리하여 우리는 서로에게 갚을 게 없었다!

"선생님이 뭐라고 했어?"

우리는 학교에서 어느 정도 안전거리에 떨어진 호숫가에 앉아 있었다. 차가운 바람이 호수 위를 쓸고 지나갔고 우리는 오래되어서 더 이상 사용하지 않는 창고를 우리의 아지트로 삼았다. 창고는 예전에 호수에서 노로 젓는 보트를 빌려주던 곳으로 사용되었다. 그러니까 노와 보트와 관련된 물건들을 보관할 때 사용되었다. 하지만 이제는 그 시대를 기억할 수 있는 물건이라고는 부서진 노 몇 개가 전부였다.

아이작, 대니, 지기, 슈테판과 펩시는 주운 물건들로 이 창고를 꾸몄다. 그러니까 흔들거리는 야전 침대, 소파용 작은 탁자와 휴대용 라디오가 있었는데, 기술분야의 귀재인 펩시가 라디오를 어떻게 손을 봤는지 이제는 라디오에서 끊임없이 행진곡, 일기예보, 시간도 알려주며 농업에 관한 보도도 들을 수 있었다. 몇 개의 나무 의자도 있었고, 한 개의 석유 램프, 오븐기 하나와 알코올 버너도 있었다.

탁자 위에는 오래된 만화책이 잔뜩 있었고, 완벽하게 카드 놀이를 할 수 있는 카드와 포르노 잡지 몇 권이 있었다. 바닥에는 담배 꽁초와 발로 비빈 껌이 여기저기에 흩어져 있었다. 이렇듯 창고는 전체적으로 쾌적한 장소이기는 했지만 여자애들의 출입은 금지되어 있었다. 카티는 예외였다. 카티는 다른 소녀들처럼 그렇게 유치하지 않았고 그래서 남학생들과 잘 어울릴 수 있었기 때문이다.

지기는 직접 만 담배를 가져오고는 했다.

우리는 목을 콕콕 찌르는 쓰디쓴 연기를 들이마시고는 했다.

내 위장은 시멘트를 혼합하는 기계처럼 돌기 시작했고 감자, 버터로 볶은 밀가루와 베이컨 조각들을 뒤죽박죽 빙빙 돌렸다. 우리 모두는, 마치 우리가 대단한 사람들이며 냄새나는 담배를 빡빡 피워대는 것보다 더 아름다운 행동을 할 수 없는 것처럼 행동했다.

커닝 사건 이후 갑자기 모든 불신이 사라졌다. 쉬는 시간이면 친구들이 내 주변에 모여들었고, 그들은 동정심과 호기심을 품은 채 그리고 어른의 이성을 잃게 만든 주인공이라는 감탄을 하며 나에게 접근했다. 갑자기 나는 중요한 사람으로 부상하게 되었던 것이다.

아이작은 나서서 나를 창고에 데려가주었다. 비밀 창고에는 소년들 가운데 한 사람이 보초를 섰고, 이상한 녀석이나 여학생 혹은 선생님들이 나타나는지를 주의깊게 관찰해야만 했다.

이제 나도 그들의 일원이 되었다. 나를 덮쳤던 사악한 정신이 키득거렸다.

대니가 호주머니 칼로 무릎의 부스럼 딱지를 떼내고 있는 동안, 나는 무리들에게 담임이 화가 나서 얼마나 방방 뛰었는지를 등골이 오싹하게 꾸며서 얘기했다. 모두들 만족스럽게 미소를 지었지만, 내 이야기가 꾸며낸 것임을 알았다. 실제로 담임은, 나한테 어떤 문제가 있는지 알고 싶어했고, 걱정스럽다는 듯 눈을 부릅뜨고 나를 살펴보았다. 그러니 이런 상황은 굳이 얘기할 만한 내용이 없었다. 만일 담임이 화를 냈더라면 이야깃거리로 꺼내기가 훨씬 수월했을 것이다. 어쨌거나 담임의 두 눈은 나를 매우 긴장시켰다.

아이작도 인상을 찌푸렸다. 녀석은 이 모든 일이 자신의 아이디어였으며 나를 탁월하게 속였다는 점에 관해서 한 마디도 내뱉지 않았다. 나 역시 그 일을 언급할 이유가 하나도 없었다. 만일 자신이 얼마나 똑똑한지 떠벌리고 싶다면, 그것은 아이작 자신이 알아서 할 일이었다. 게다가 아이작이 그런 식으로 떠벌린다면 나는 외투사건에 대해서 얘기를 하면 되었다. 아이작은 나를 곤란에 빠트렸고 나도 아이작을 곤궁에 빠트렸으니까.

　나는 곁눈으로 아이작을 엿보았더니 녀석은 입술에 묻은 담배 부스러기 몇 개를 뱉어내고 있었다. 어쩌면 내가 착각을 했는지 몰랐다. 애초에 내가 예상했던 것처럼 그렇게 멍청한 녀석이 아니었을지 몰랐다.

　"이제 난 어떡하지?" 내가 이야기를 끝냈을 때 아이작이 물었다. "담임이 내일 내가 키우는 새를 학교에 데려오라고 하는 거야."

　"데려오면 되잖아." 지기가 대수롭지 않게 말했다.

　"당연히 데려오면 되지! 우리 집에 새가 있다면 말이야!" 아이작이 대답했다.

　"없는 거야? 그렇다면 왜 있다고 주장했어?" 지기가 신음하는 소리로 물었다.

　"글쎄. 그냥 말이 그렇게 나와버렸어." 아이작이 말했다.

나는 아이작의 말을 잘 이해했다. 나 역시 킬로이가 사라졌음에도 불구하고 우리 집에 개가 있다고 주장했으니.

"그냥 날아가버렸다고 말해버려." 나의 제안이었다.

"나도 그렇게 말하려고 했지!" 아이작은 음울하게 으르렁댔다. "그런데 담임의 질문에 기습을 당하는 바람에 그만 새를 가지고 오겠다고 대답했지 뭐야."

"저런, 그럼 내일 새가 독감에 걸렸다고 말해." 슈테판이 말했다.

"그 말을 믿을 리가 없지." 아이작이 무뚝뚝하게 대꾸했다.

"내가 해결해주지." 나는 깊이 생각도 하지 않고 그렇게 말해버렸다. "내일 아침 일찍 너의 새가 교실 안으로 들어오게 만들어볼게."

"어떻게 말이야?" 아이작이 당혹스러워하며 물었다.

"내가 알아서 할게." 나는 이렇게 말하고는, 어떻게 실행에 옮길지를 속으로 생각해보았다.

그 순간 귀가 찢어질듯한 소음이 들려왔다.

소파용 작은 탁자 위에 얹어두었던 오래된 자명종이 떠들어대기 시작했다. 자명종은 우리가 쉬는 시간을 초과하지 않도록 알려주었다.

마침내 우리는 쓰디쓴 담배를 눌러 끌 수 있었다.

나는 시간이 필요했다. 그래서 화장실에 갔고 여기에서 방해를 받지 않은 채 있고 싶었다.

전반적으로 나는 만족감을 느꼈고, 유일하게 후회를 하는 게 있다면 새를 잡아오겠다고 약속한 점이었다.

내가 체육관에 도착했을 때, 다른 친구들은 이미 옷을 갈아입기 위해 탈의실로 사라지고 없었다. 타우베 체육 선생님이 격노한 표정을 짓고 있었다.

체육 선생님은 추운지 자리에서 폴짝폴짝 뛰었다.

"자, 어서 옷 갈아 입어!" 타우베는 마치 날 재촉이라도 하는 것 같았다.

"이렇게 늦게 와서는, 늑장 부릴 시간이 어디 있냐?"

그건 그렇고 도대체 어디에서 새를 잡아 온다냐? 아는 사람들 가운데 새를 빌려줄 사람이라도 있는 거야? 어쨌거나 갈색 새를 빌릴 수는 없어. 갈색 새를 가져온다고 했으니, 반드시 그래야겠지.

나는 생각에 너무 깊게 빠져 있어서 주변에 무슨 일이 일어나는지조차 까마득하게 모르고 있었다. 갑자기 시끄러운 소리와 고함소리가 들리더니 거의 절반은 벗은 소녀들이 내 주변으로 폴짝 뛰어왔다. 그들은 팬티와 셔츠 바람으로 내 주위를 뱅뱅 돌았고 뒤에 숨기까지 했다. 안나는 장화를 신고 내 엉덩이를 냅다 차기까지 했다.

　유일하게 조용한 여자애는 카티였다. 그녀는 나에게 교활하게 미소를 지어 보이더니 약간 몸을 흔드는 바람에 가슴이 출렁거렸다. 처음에 나는 무슨 영문인지 이해하지 못했다. 왜 여자애들이 이렇게 행동을 하는 거지? 도대체 누가 무서워서 숨는 거야? 그러자 번쩍 정신이 들었다. 나는 여학생 탈의실로 들어왔던 것이다. 나는 생각에 너무 빠져 있는 바람에, 내가 여학생이 아니라 남학생으로 행동한다는 사실을 까먹고 말았다. 정말 깜빡하고 잊어먹었던 것이다. 다행스러운 일은, 내가 옷을 벗기 시작하지 않았다는 점이었다.

　"꺼져! 당장 꺼지지 못해, 이 엉큼한 놈아!" 프리다가 냅다 소리를 지르며 내 머리 위에 팬티를 덮어씌웠다.

　그러자 아무것도 보이지 않았다.

　그때 누군가 내 팔을 덥썩 잡았다. 이제 안나가 장화를 신은 채 나에게 한 방 날릴 것이라고 생각했는데, 누군가 나를 붙들고 있던 여학생의 정강이뼈를 힘차게 차는 것이었다.

　"놔, 어서 놓지 못하냐? 안 그러면 본때를 보여줄 거야!" 나는 가능하면 우악스럽게 말했다.

　내가 발로 찼을 때 내 뒤에서 놀랍게도 신음소리가 들려왔다. 신음소리는 여학생의 입에서 나올 것 같은 소리가 아니었다.

"뭐야, 이 촌뜨기가!" 굵은 목소리가 울부짖었다. 타우베였다! 체육 선생님은 나를 문까지 질질 끌고 갔고 나는 눈먼 모래주머니처럼 뒤를 비틀거리며 따라갔다. 내 머리 위에 있던 팬티가 점점 밑으로 내려와서, 마침내 내 머리의 윗부분이 뾰족하게 드러났다.

타우베는 혐오스러운 표정으로 나를 노려보았다. 나의 이런 모습을 남학생들이 봐서는 안 된다는 그런 표정이었다.

"이런 식으로 행동하면 언젠가 나한테 혼이 날 거야, 파울!" 그가 위협적으로 말했다.

그런 뒤에 나는 남은 체육시간을 남학생 탈의실에서 보냈다. 그것은 실제로 여자였던 나에게 일종의 벌이었다! 타우베는 전혀 몰랐겠지만.

나는 벤치 위에 웅크리고서는 땀과 오래된 운동화에서 나오는 냄새를 들이마셨다. 얼마 후 나는 끙끙거리는 소리와 고함 그리고 고무창이 날카롭게 찢어지는 소리 사이에 타우베가 호르라기를 부르는 소리를 들었다. 남자애들이 탈의실 안으로 물밀 듯 밀어닥쳤다. 그들은 흠뻑 젖은 체육복을 벗어던지고 발가벗은 채로 샤워실로 들어갔다. 나는 곁눈질로 그들의 고추를 보았는데, 마치 작은 홍당무, 무 혹은 작은 소시지가 다리 사이에서 흔들거리는 모습이었다.

7

누군가 나에게 예상치 못한 키스를 하고,
나의 어머니는 부루퉁해지고 외할아버지는 밤의 신들에 관해서 얘기하는……

갑자기 그녀가 나타났다. 어떻게 그런 일이 생겼는지 파악할 겨
를도 없이 그녀가 내 곁에 미끄러져 왔다. 뭔가 고양이를 닮았
다. 그녀는 부드러운 앞발로 걷기나 하듯 우아하고도 소리 없이
움직였고, 노란 눈은 쾌활하게 나를 바라보았다. 그리고 입은 뭔
가 요구하듯 앞으로 내밀었다.

"너랑 같이 가도 돼?" 그녀가 물었다.

그녀는 바로 카티였다!

나는 아무 말도 하지 않고 고개만 끄덕였다. 내가 무슨 말을

했더라도, 그런 말은 그다지 중요하지 않았을 것이다. 내 말과 상관없이 카티는 원하는 바를 행동으로 옮겼을 테니까.

나는 오늘 겪어야 하는 시련은 끝이 났다고 믿었다. 그래서 할아버지가 첼로 연주를 했던 그 멜로디를 엉터리지만 즐거운 기분으로 휘파람을 불었다. 새를 잡는 문제에 관해서는 어느 정도 대책을 마련해둔 상태였다. 집으로 가기 전에, 나는 교실에 있는 창문을 하나 열어두었다. 창문은 위쪽으로 여는 것이라 바람이라도 불면 깨질 수 있기 때문에, 나는 찢겨진 내 시험지를 돌돌 말아서 창틀 사이에 끼워두었다.

우리 집 부근에 있는 모든 거리의 이름은 공교롭게도 새와 연관이 있었다. 박새길, 말똥가리새 산비탈, 부엉이 길 등등. 카티가 파란색 플라스틱 주머니를 어깨에 걸치고 워크맨 헤드폰을 청진기처럼 목에 걸고 마치 분홍색 그림자처럼 내 옆에 등장했을 때, 나는 막 뻐꾸기 길에 접어든 참이었다. 카티는 내 팔에 매달리더니 껌을 씹다가 내 얼굴에 입김을 불었다.

"나도 이 방향으로 가야 하거든." 카티는 정확하지는 않게 주변을 대충 가리켰다.

"음." 나의 반응이었다.

카티는 뾰족한 이를 드러내며 미소를 지었고 나는 긴장되기 시작했다. 나는 소년하고 있는 것보다 소녀와 함께 있는 것이 더 위험하다는 사실을 예감했다. 나는 카티 옆에서 어떻게 행동해야 할지 알 수 없었다. 내 팔꿈치가 카티의 가슴을 스쳤기에, 어떻게 하면 팔을 뺄 수 있을지 고민을 했다. 하지만 좋은 생각이 떠오르지 않았다.

소녀들은 소년들에 비해서 코가 훨씬 더 예민한 편인 것일까? 여자애들은 남자애들이 예감하지 못하는 어떤 것들의 냄새를 더 잘 맡는 것은 아닐까? 눈에 잘 띄지 않는 것의 냄새를 더 잘 맡을 수 있는 특수한 후각기관 같은 것을 가지고 있는 건 아닐까? 침묵을 하는 동안 나는 그와 같은 의문을 품었다. 이런 생각을 해도 나는 마음을 전혀 놓을 수가 없었다. 카티는 내게서 뭔가 이상한 점을 느꼈을 수도 있고, 어쩌면 내가 남자인 척한다는 것까지 눈치를 채고 있는지 몰랐다.

"넌 다른 남자애들이랑 달라." 카티는 이렇게 말하며 내 눈을 들여다보았다.

고마운 일이군! 드디어 발견했나봐!

"그런가?" 나는 의미 없는 말을 했다.

"뭔가 다르다니까." 카티가 계속 주장했다.

"흐으음." 나는 또 의미 없는 말만 했다.

"그런데, 뭐가 다른지 모르겠단 말이야."

"아냐." 나는 자신이 점점 더 멍청해져가는 느낌이 들었다.

"넌 뭔가…… 뭐라고 할까…… 좀 더 성숙해. 다른 애들은 끔찍하게 어린애 같거든. 아이작도 마찬가지구. 그 애도 멍청해. 그렇지만 넌 다른 애들보다 뭔가 진정성이 있다고나 할까? 내가 무슨 말 하는지 이해가 돼?"

"흠." 나는 헐떡거리지 않으려고 자신을 통제해야만 했다.

내가 진정성이 있다고? 정작 나야말로 상상할 수 있는 가짜 중의 가짜인데. 나는 카티가 나의 당황하는 얼굴을 보지 못하도록 카티와 몸을 더욱더 밀착시켰다. 우리의 볼은 닿아서 스쳐지나갔고 카티가 오해할 만한 분위기가 연출되었다. 잠시 후 카티는 팔로 내 어깨를 둘렀는데, 그러자 카티의 머리카락이 내 얼굴에 닿으며 입술을 간지럽혀서 미소를 짓고 말았다. 그러자 카티는 내 쪽으로 몸을 돌리더니 더욱 활짝 미소를 지었다. 소년과 소녀는 결코 끝나지 않는 하나의 연극에서 늘 소년과 소녀의 역할을 해야 하는 거겠지……이런 점을 내가 생각하는 동안, 카티의 손이 내 어깨 위를 쓰다듬는다는 걸 느꼈다.

모든 것이 그야말로 비현실적인 일이었다. 이제 무엇보다 나는 나의 정체가 발각되어서는 안 된다는 생각이 들었고, 조금만 더 걸어가면 집이었다. 집까지 가려면 길 세 개만 더 지나가면 되었다.

우리는 아무 말 없이 나란히 걸어갔다. 시간을 벌기 위해 나는 느린 걸음으로 남자처럼 성큼성큼 걸었다. 작은 숲에는 참새들이 지저귀고 있었고 쓰레기장 앞에는 갈매기들이 줄지어 있었다.

"난 네가 좋아." 우리가 우리 집 정원 앞에 멈추어 섰을 때 카티가 말했다.

아이고! 그래, 이런 말이 나와야지!

"흠." 나는 다시 의미 없는 말을 내뱉었다.

악셀손 아저씨 집에서 잔디 깎는 기계 소리가 요란하게 들려왔다.

"난 네가 뭔가 특별나다는 걸 알아봤어." 카티가 말했다. "네가 늦게 교실에 등장해서 이렇게 말했잖아. 길을 찾지 못해서 지각했다고. 너만 있으면, 뭔가 일어나. 내가 무슨 말을 하는지 이해하지?"

당연히 이해하지. 우리가 이사 온 뒤부터 희한한 일들이 끊이지 않고 일어났으니까. 지금 나의 소원이란, 지극히 정상적이고 지루한 오후를 보내는 것. 그러니까 재미없는 교과서를 읽고 멍청한 미국 드라마를 보면서 오후를 보내고 싶었다고. 재방송으로 보여주는 미국 드라마면 더 좋지만, 그것까지 바랄 수는 없었다.

나는 고개를 끄덕이고는 정원문을 발로 밀었다.

"우리 집이야. 나와 함께 와줘서 고마워. 이제 집으로 들어가야 해, 잘 가!"

"잠깐 기다려!" 카티가 말했다.

카티는 어깨에 매고 있던 플라스틱 주머니를 출입금지용 바리케이트라도 되듯 정원문 앞에 떨어뜨려놓고는, 내가 움직일 수 없도록 내 소매를 움켜잡았다.

"우선 이 노래를 들어야만 해. 그럴 수는 있지?"

나는 다시 고개를 끄덕였다. 이런 식의 요구는 그다지 위험하지 않았다.

카티는 엉켜 있는 워크맨 줄을 겨우 풀더니 마침내 빨간 내 귀에 헤드폰을 꽂아주었다. 워크맨 줄이 너무 짧아서 우리의 코는 거의 닿을 듯 말듯했다. 사랑스러운 노래가 흘러나왔다. 카티가 워크맨의 볼륨을 최대한 높이는 바람에 가수의 목소리가 내 뇌 안까지 밀고 들어왔다. 바로 '당신은 내 인생의 빛(You light up my life)'이라는 노래였다.

"수많은 밤에 나는 창가에 앉아서, 누군가 나에게 노래를 불러주기를 기다렸어요. 수많은 꿈에 나는 내 내면 깊숙이 들어가……"

음악이 마치 생크림처럼 내 귓속의 근육에 달라붙어 그만 가볍게 현기증이 일어났을 때, 카티는 내 목을 감싸안았다. 나는 카티에게 가만히 있어달라고 말하고, 이 모든 일이 그야말로 꿈찍한 오해로부터 출발했다는 점을 말하려고 입을 벌렸다. 하지만 카티는 이미 자신의 얼굴을 내 얼굴에 댔다. 나는 카티의 입술이 내 입에 닿는 것을 느꼈다. 게다가 나는 거부하려고 오른손을 내밀다가 그만 카티의 가슴을 잡고 말았다.

여자 가수가 계속 노래를 하고 내가 서서히 이성을 잃을 동안, 카티의 눈은 내 눈을 쾌활하고도 탐욕스럽게 바라보았다. 그녀의 손이 짧게 자른 나의 머리카락을 사랑스럽게 쓰다듬었다.

나에게 첫 키스였다. 그것도 여자애와!

노란색 눈은 나에게 참으로 부담스러웠다. 그래서 흘깃 곁눈질을 했는데, 작은 노란색 자동차가 거북이처럼 다가오고 있었다. 이런 속도는 사실 군나르 외에는 낼 수 없는 느린 속도였다. 그런데 나는 여기에 서 있었고, 그것도 다른 소녀와 진한 포옹을 한 채! 군나르가 나를 발견하자 수놓은 모자 밑에 있는 그의 두 눈이 점점 커지는 것을 나는 알아보았다. 자동차가 우리를 지나갈 동안 군나르는 우리를 더 자세하게 관찰하기 위해 코를 자동차 옆유리에 눌렀고, 그 바람에 군나르는 옷을 입은 돼지처럼 보였다.

그리고 나자 자동차가 돌진을 하더니 굉음을 내며 악셀손 아저씨 집의 울타를 뚫고 들어갔다. 아마 군나르는 브레이크와 가속 페달을 혼동한 게 분명했다. 자동차는 악셀손 아저씨 집 울타리에 구멍을 하나 만들어놓았다. 이 구멍을 통해 나는 잔디를 깎던 악셀손의 당황한 얼굴과 정원 안으로 미끄러져 들어간 노란색 자동차, 그리고 악셀손 아저씨가 키우는 꿀벌통 몇 개가 흩어진 모습을 볼 수 있었다. 놀란 벌들이 구름처럼 흩어져 나왔다.

내 귀에 가수는 '그 남자'에 대한 그리움을 노래했는데, 그러니까 낮에는 빛이 되어주고 밤에는 노래를 불러줄 남자친구에 대한 그리움 말이다. 이 부분이 내가 들은 마지막 가사였다. 자동차가 벌통을 부수자 카티는 너무 놀라서 그만 혀를 깨물고 말았다. 카티는 짤막하게 비명을 지르더니 나를 놓아주었다. 그리고는 군나르의 자동차를 가리켰다.

"저 아저씨가, 저런 멍청이는 도대체 누구야?" 카티가 신음소리를 냈다.

"저 멍청이는 우리 엄마의 남자친구야!" 나는 이렇게 말하고 헤드폰을 떼냈다.

악셀손 아저씨는 무섭게 돌아가는 잔디 깎는 기계를 들고 거의 망가진 자동차 보닛을 향해 다가갔다. 마치 잔디 깎는 기계로 자동차 차체를 두 동강이를 낼 것 같은 분위기였다. 나는 더이상 이 광경을 목격하고 싶은 생각이 없었다. 군나르 역시 후진을 해서 악셀손 아저씨 집 대문으로 차를 움직이고 있었다.

"미안, 나중에 봐!" 나는 카티에게 인사를 했다.

정원문을 뛰어넘었을 때 나는 뒤에서 나를 바라보고 있을 노란색 눈을 느꼈다. 집 안으로 들어가기 전에 나는 왜 카티가 이상하게도 아는 사람 같은 느낌이 드는지 문득 떠올랐다. 그건 바로 내 어머니를 떠오르게 하기 때문이었다. 어머니 역시 들짐승처럼 노란 눈을 가지고 있고, 무슨 일을 할 때 사전에 허락 따위는 결코 구하지 않으며 당돌하고도 신선하게 행동하기 때문이었다.

어머니는 기분이 엉망이었다. 나는 즉시 알아차릴 수 있었다. 페르시아산 양탄자가 깔려 있는 거실에 엎드려 있었고, 머리카락은 해적처럼 손수건으로 질끈 묶은 모습이었다. 어머니 주변에는 온갖 물건들이 널브러져 있었다. 계란을 넣은 끈적끈적한 리큐어주를 마셨던 커피잔, 빵 한 조각과 병조림한 생강을 넣은 요구르트, 젤리과자 한 봉지, 색연필, 수채화용 물감, 구긴 종이뭉치와 그 밖에 그림을 그리는 데 필요한 물건들. 어머니는 오른손에 붓을 하나 들고 있었고, 이 붓에서 갈색 물감이 바닥으로 뚝뚝 떨어지고 있었다. 왼손은 늘 피우는 검은색 담배를 들고 있었다. 엉덩이는 마치 연기에 휩싸여 있는 자두색의 화산처럼 번쩍 솟아 있었다.

할아버지는 흔들의자에 앉아서 손가락으로 높다란 코 끝을 튕기고 있었다. 등받이에 그려져 있는 사자는 미소를 짓고 있었다.

"후, 후" 할아버지는 숨을 헐떡였다. "삶의 즐거움에 대해서 알고 있는 게 뭐냐?"

"조용히 해요! 그래야 나도 일을 좀 할 수 있잖아!" 어머니가 양탄자에 몸을 굽힌 채 투덜댔다.

"둘이서 뭐해요?" 내가 물었다.

어떤 대답이 들려올지는 이미 알고 있었다. 둘은 싸우고 있었다.

할아버지와 어머니의 싸움을 나는 어렸을 때부터 보아왔다. 나는 두 사람 사이에서 컸으니까. 두 사람은 몇 시간 동안 서로 비꼬고 찔러댔다. 또한 이런 행동을 즐기기까지 했다.

"네 어머니는 삶의 즐거움을 묘사하는 그림을 잡지사에 보내야 한다는구나. 그런데 그게 뭔지 알 수 없어서 지금 잔뜩 화가 나 있지." 할아버지가 설명해주었다. "삶의 즐거움을 그리는데 저렇게 불평을 많이 하는 화가는 없을 거야."

"나 불평하는 거 아니거든요!" 어머니가 불평을 했다. "너의 사랑하는 할아버지는 하루 종일 나를 방해하는 재미에 푹 빠져 있을 뿐이란다. 하루종일 거실에서 식사를 하고 오리처럼 흔들거리고 말이야. 그것도 바로 내 옆에서! 나는 멀미가 나고 말 거야. 어떻게 이런 정신병원 같은 곳에서 뭔가를 창작해내야 하는지, 그게 의문스러울 뿐이야. 너도 보니까 어떤지 알겠지?"

어머니는 자신이 어질러놓은 거실이 얼마나 지저분한지 보라며 팔을 휘휘 저어 보였다. 바로 이 순간 군나르가 나타났다. 그리고 어머니가 거칠게 흔드는 손에 들려 있던 붓으로부터 물감 세례를 받고 말았다.

"다녀왔습니다." 군나르가 말했다.

군나르는 비교적 평온해 보였다. 그의 양복은 쭈글쭈글 구겨져 있었고, 얼마 남아 있지 않은 머리카락은 마치 금방 일어난 사람처럼 삐죽 서 있었다. 그리고 대머리인 그의 머리에서 가장 윗부분은 작지만 빨갛게 부은 자욱이 눈에 띄었는데, 아마도 화난 벌한테 물린 것 같았다.

군나르는 우리 모두를 향해 다정한 미소를 지어 보였다. 그는 자동차에서 덮는 담요에 돌돌 말은 작은 꾸러미를 안고 있었는데, 그 틈 사이로 털이 부숭한 다리가 하나 빠져나와 있었다. 오늘따라 천진난만한 얼굴에 뽐내는 태도를 보였는데, 예전에는 한번도 경험해보지 못한 모습이었다.

차 사고를 당해서 머리가 이상해졌는지 모른다고 나는 생각했다. 군나르는 머리를 전면유리에 부딪혔고 이로 인해 완전히 머리가 돌아버린 게 틀림없었다! 만약 머리를 부딪히지 않았다면, 나를 향해 머리 끝까지 화를 냈을테니까. 그런데 지금 군나르의 얼굴을 보면 평온하기 짝이 없을뿐더러 미소까지 머금고 있고, 둘둘 만 담요도 꼭 끌어안고 있었다.

그런데 갑자기 어떤 장면이 떠올랐다. 군나르가 후진을 해서 문을 빠져나왔을 때, 뒷바퀴에 있던 악셀손의 고양이가 사라지는 장면을 봤다. 담요 밖으로 빠져나온 다리를 보니 갑자기 고양이가 아닐까라는 두려운 생각이 들었다. 물론 차에 치인 악셀손의 고양이 말이다.

"이게 뭔지 아니?" 군나르는 낯설지만 부드러운 목소리로 물어왔다. 그는 천천히 나에게로 걸음을 옮기고 있었다.

"가져오지 마요! 난 보고 싶지 않으니까!" 나는 뭔가 끔찍한 상상을 했다.

그런데 담요 사이에서 아주 작고 동그란 주둥이가 튀어나왔다. 마치 봉제인형의 귀처럼 흔들거리는 두 개의 귀 밑에 두 개의 커다란 갈색 눈이 어찌할 바를 모르고 주변을 관찰했다. 그러더니 짤막한 주둥이가 하품을 하느라 쫙 벌어졌고, 그러자 머리 전체가 시야에서 사라져버렸다. 정말 작은 강아지였다!

"나는 말이야……" 군나르는 말을 잇지 못한 채 계속 내 쪽으로 다가오고 있었다.

그 순간 강아지는 담요에서 밖으로 튀어나왔다. 바닥에 잠시

서 있더니 몸을 털었고, 그러자 피부에 있던 주름살이 파도처럼 야윈 몸 전체로 퍼져나갔다. 자그마한 꼬리는 위를 향해 꼿꼿이 서 있더니 이내 몇 번 흔들거렸다. 그러더니 강아지는 갑자기 공처럼 벽 뒤쪽에 있는 거대한 유리장 밑으로 숨어버렸다. 커다란 눈이 반짝반짝하는 검정색 돌처럼 빛이 났다. 녀석은 먼지가 가득한 장 밑에서 코로 숨을 거칠게 쉬더니 마침내 재채기를 했다.

"너한테 줄 거야, 파울라." 군나르는 손으로 장 밑을 긁었다. "복서라는 종인데, 우리 회사 직원한테서 샀어. 킬로이 때문에 네가 엄청 슬퍼한다는 거 알아……그래서 말이야, 지금쯤 희망을 포기했을 것 같았어……동료가 기르는 복서가 새끼를 낳았다는 말을 들었고, 그래서 난 네 생각을 했지……이런 강아지라면 네 기분을 좀 명랑하게 해줄 수도 있다고 생각했지. 그런데, 빌어먹을!"

군나르는 장 밑을 긁던 손을 빼내어 흔들었다. 강아지가 바늘 같은 이빨로 군나르의 집게손가락을 물었던 것이다.

그래서 집에 들어올 때 천진난만한 얼굴이었구나! 그는 담요에 나를 놀라게 해줄 비밀을 담고 왔던 것이다. 나에게 정말 수컷 강아지를 선물하다니! 군나르가 킬로이를 언급하자 내 심장은 칼을 맞는 것 같았다. 뭐라고, 희망을 포기했을 거라고? 그럼 킬로이가 죽었다고 생각한다는 뜻? 나는 헝겊으로 된 킬로이의 집을 들여다보았다. 아직도 나는 태양, 소금과 생선 냄새가 나는 킬로이의 향기를 맡을 수 있었다. 그리고 나는 킬로이 외에는 그 어떤 개도 원하지 않는다는 사실을 잘 알고 있었다.

내가 처음으로 킬로이를 얻게 되었을 때를 아직도 잘 기억하고 있다. 할아버지는 털가죽으로 안감을 댄 겨울 외투에 싸서 킬로이를 집으로 데려왔다. 킬로이는 까맣고 뾰족한 주둥이를 어두운색 외투 밖으로 불쑥 내밀고 있었다. 당시에 나는 여섯 살 정도였고 막 풍진을 앓고 있던 참이었다. 밖에는 눈이 오고 있어서 끔찍하게 추웠다. "옛다, 네 친구가 될 녀석을 가져왔다." 할아버지는 웃으면서 그렇게 말했다. 그때부터 킬로이와 나는 서로 헤어질 수 없는 사이가 되었다. 슬플 때면 나는 킬로이의 부드럽고 흰 털에 얼굴을 묻을 수 있었다. 그런데 지금 느끼는 내 슬픔은 어떻게 하란 말이지?

"어떻게 생각하니, 파울라?" 군나르가 물었다.

"슬퍼요." 나는 슬펐기에 슬프다고 말했다. 군나르를 실망시키게 될 것이라는 점도 잘 알았다. 군나르는 분명 내가 환성을 지르며 달려가 자신을 안아줄 것이라고 믿었겠지. 나는 기뻐할 수 없어서 슬펐다. 군나르는 최선을 다했다. 나 때문에 이웃집의 벌통을 부수고 아끼는 자동차를 망가뜨렸음에도 불구하고, 군나르는 좋은 기분으로 집에 들어왔다. 게다가 군나르는 개를 지극히 싫어함에도 불구하고, 나를 위해서 개를 샀다. 나는 잘 알고 있었다. 군나르는 최선을 다했고, 그럼에도 나는 슬프다는 사실이 슬펐다.

"뭐라고 했어?" 군나르가 놀라서 물었다.

"나는 슬프다구요, 군나르." 내가 말했다.

하지만 군나르는 이해하지 못했다. 그리고 앞으로도 이해하지 못할 게 분명했다. 아저씨는 어찌할 바를 모르고 내 어머니 쪽을 쳐다보고 히죽 웃었고, 할아버지는 적어도 자신은 이해한다는 뜻으로 나에게 눈을 찡긋했다. 할아버지는 당연히 그랬을 것이다.

그때 강아지가 숨어 있다가 밖으로 튀어나왔다. 녀석의 발은 바닥에서 미끄러졌고, 데굴데굴 구르더니 주둥이를 덜덜 떨면서 자리에 멈춰 섰다. 어디에도 익숙한 냄새가 나지 않았고 또 모든 게 지극히 낯설고 위험하게 보였나보다. 그러자 강아지는 다시 바람처럼 달렸고, 어머니가 스케치하다가 뭉쳐서 던져버린 종이 가운데 하나 위로 미끄러지더니 물감통 하나와 부딪혔다. 물감통은 스케치북 위로 굴러가서 검정색 물감을 흩뿌리기는 했지만, 마치 기적처럼 다시 멈춰 섰다. 나의 어머니는 자신 앞을 지나가는 강아지의 축 늘어진 피부를 움켜잡았다.

어머니는 강아지를 무릎에 올려놓았고, 녀석은 어머니의 가슴에 기대고 있었다. 어머니가 울툭불툭한 강아지의 털을 부드럽게 쓰다듬어주자 녀석은 조용해지면서 만족한 듯 '푸르르'라는 소리를 냈다.

나는 왜 어머니의 무릎에 머리를 묻을 수 없을까? 향수와 담배 냄새가 나는 어머니의 품에 안겨서 내 생각이 좀 더 밝아지고 더 이상 사는 게 힘들지 않을 때가 되려면 얼마나 힘이 들지 이야기하는 동안, 어머니가 내 이마를 쓰다듬어주는 걸 느낄 수 있을텐데. 왜 사람들은 원하는 것을 해서는 안 될까?

나는 어머니에게 가서 몸을 굽히고 역시 강아지를 쓰다듬기 시작했다. 녀석은 내 손가락 하나를 마치 젖이나 되듯 빨았다.

"녀석아, 난 너를 받아들일 수 없단다! 내 개를 기다려야 해, 이해하겠니? 그리고 너도 엄마가 보고 싶지?"

"이제 좀 받아들여." 군나르가 말했다. "킬로이는 더 이상 돌아오지 않아. 녀석은 사라졌다고. 내가 이미 경찰에 신고도 했고 실종 광고도 냈단 말이야. 그래도 나타나지 않잖아. 이게 현실이라고. 왜 이 강아지를 거부하는 거야? 귀엽지 않아?"

"이 강아지가 마음에 안 드는 게 아니에요." 나는 부드러운 강아지의 주둥이를 쓰다듬으며 계속 말을 했다. "끔찍할 정도로 귀여워. 그래도 치명적인 단점이 있는데, 킬로이가 아니라는 거죠. 그리고 난 킬로이가 살아 있다는 걸 알아요. 직접 보기도 했거든요."

"어디에서?" 어머니가 물었다.

"쇼핑구역에서."

"분명 다른 개였을 거야. 이 강아지 정말 안 할거야? 널 위해서 샀단 말이야." 군나르가 말했다.

"네." 군나르가 실망하는 소리가 들려왔지만, 나는 강아지를 거절했다.

어머니가 자리에서 일어났다. 한 팔로는 강아지를 움켜쥐고 있었고, 다른 팔로 군나르를 붙들고 있었다.

"자기야, 당장 이 강아지를 옛날 주인에게 데려다주러 가요." 어머니가 부드럽게 말했다. "이 고집쟁이는 혼자 내버려두고 둘이서 드라이브나 하지 뭐."

"그럴려면 택시를 불러야 해." 군나르가 시큰둥하게 대답했다.

그리고는 밤이 왔다. 별은 서서히 움직이는 검은 구름 사이로 은은한 빛을 냈다. 나의 어머니와 군나르는 아직 돌아오지 않았다. 아마도 두 사람은 위로를 찾아야만 할 것이다. 나의 어머니는 삶의 즐거움이라는 주제로 그림을 그려서 잡지사에 보내야 했지만 어떤 구상도 떠오르지 않았기 때문이다. 그리고 군나르는 나를 위로해주는 데 실패했기 때문이다. 나는 잠을 잘 수 없었고 잠을 청하려니 어차피 곧 일어나야 해서 그렇게 하지 않았다.

나는 할아버지가 있는 2층으로 올라갔는데, 원래 이 방은 내 방이 될 예정이었다. 할아버지와 나는 나란히 누워서 창을 통해 하늘을 올려다보았다. 할아버지는 발 끝에 창문이 있도록 침대를 옮겨두었다. 우리는 등과 머리 밑에 쿠션을 여러 개 채워 넣고는 나란히 무한한 우주를 감상했다. 별들과 행성 그리고 어둠으로 이루어진 영원과 침묵하는 경치를. 할아버지는 넓적하고 우람한 손으로 내 손을 잡았다.

"왜 시간은 계속 갈까요? 다른 식으로는 안 될까요?" 내가 속삭이듯 말했다.

사악한 바람이 내 가슴으로 불어닥친 이후에 일어났던 모든 일에 관해서 나는 할아버지에게 얘기해주었다. 내가 소년으로 간주되었던 일, 거의 도둑이 되었을 뻔했던 사건, 아이작과 담임 그리고 타우베와 카티의 키스에 관해서도 얘기했다. 할아버지는 중얼거렸고 우스워서 콸콸 흘러가는 냇물처럼 꿀꺽 소리를 내더니, 내 이야기는 슬프고 당황스러웠지만 마침내 나를 웃게 만들었다. 할아버지는 눈물까지 줄줄 흘리며 웃느라 파란색 눈을 계속 이불로 닦아내야만 했다. 내 눈 역시 축축해졌다. 결국 나는 우리가 웃었는지 울었는지, 아니면 둘 다를 했는지 알 수 없었다.

"이 작은 말괄량이야!" 할아버지는 이렇게 말하며 내 왼쪽과 오른쪽 볼에 소리가 나게 뽀뽀를 해주었다.

"이런 사건들이 언제 끝이 날까요, 할아버지?" 내가 물었다.

"너랑 노는 친구는 아마도 작은 악마일 것 같구나." 할아버지가 말했다.

내가 어렸을 때 할아버지는 꼭 그렇게 위로해주었다. 당시에 나는 이런 위로가 재미있는지 아니면 진지한 행동인지도 제대로 알지 못했다.

"악마가 작은 악마를 보냈을까요?" 내가 물었다.

"아이구, 무슨 소리를?" 할아버지는 속삭였다. "이렇게 상상해보렴. 만일 태양과 달팽이와 꽃과 사람을 비롯해 온갖 것이 있는 이 놀라운 우주가 정말 창조자에 의해서 창조되었다면, 그렇다면 분명 이 창조자는 지루한 사람은 아니었을 게다. 그분은 헛소리도 잘하고, 익살꾼에다가 멋진 아이디어도 잘 떠올리고, 바보같은 짓도 많이 하실거야. 그런데 창조자가 너무 서둘러서 천국을 창조하는 바람에, 이 천국은 너무 훌륭하고 깨끗하며 질서정연해서 아무것도 바꿀 게 없는 거야. 그러니 신도 점점 지루해서 뭔가 작은 모험을 해보고 싶다는 욕구를 느낄 게 아니냐. 그래서 이 창조주는 용감하게 작은 악마의 형상을 띠고서 인간의 왕국에 나타나서는 무질서도 만들어내고 어리석고 미친 것 같은 일들을 만들어내겠지. 그래야 이곳 세상에 사는 사람들이 덜 지루해할 것이고, 천국에서는 또 얘깃거리가 있을 테니까 말이다."

할아버지는 재미로 이야기해준다는 사실을 나는 알 수 있었다. 하지만 그럼에도 불구하고 나는 기분이 한결 좋아졌다. 나는 할아버지에게 몸을 기댔다. 잠시 후에 할아버지는 부드럽고 첼로를 닮은 소리로 코를 골기 시작했다. 세상에 성스러운 신이 한 사람 있다면, 그분은 바로 할아버지일거라고 나는 생각했다.

나는 방에서 나가면서 할아버지의 볼을 가볍게 어루만졌다.

나의 밤은 아직 끝나지 않았다.

8

지붕 위에 기어올라가서,
아이작의 새들을 교실 안으로 불러들여서 소동과 혼란이 일어나고,
담임은 말없이 바닥에 앉아 있는······

늦은 밤 혹은 이른 아침이었다. 달은 이따금씩 짙은 보라색의 커튼 사이로 나왔다가, 풀의 줄기, 꽃봉오리와 금방 자라난 잎들에 달려 있는 물기를 반짝반짝 빛나게 해주었다. 먼 곳에서 들려오는 트럭 소리는 마치 거대한 어리뒤영벌과 같은 소리를 냈다. 그 밖에는 아주 조용했다. 호숫가에서는 끝없이 물결이 교각에 부딪히는 소리가 들려왔다.

이처럼 어둡고 조용한 시간은 뭔가 독특한 효과가 있었다. 몸은 신중하고도 부드럽게 움직이기 시작하는데, 마치 고양이와

같다. 나는 서늘한 공기를 들이마셨다. 어깨에는 군나르의 그물을 둘러멨고 배낭에는 싸구려 빵과 군나르의 5인용 텐트가 들어 있었다. 학교 앞 들장미 울타리에는 얼룩이 있는 고양이가 주둥이가 젖은 채로 매복하고 있었다. 덤불에 살고 있는 새들을 기습할 수 있는 절묘의 순간을 기다리고 있었던 것이다. 우리 둘은 동일한 목표를 가지고 있었지만 나는 고양이를 방해하지 않고 지나갔다.

우리 교실은 제일 높은 4층에 있었다. 나는 창문이 열려 있는지 알기 위해서 위쪽을 염탐했다. 창문이 닫혀 있으면 모든 게 말짱 도루묵이 되고 만다. 종이를 중간쯤에 있는 창문에 끼워두었다고 믿었지만, 확신이 서지 않았다.

나는 학교 건물 뒤편에서 소방용 사다리를 발견했다. 낑낑거리며 나는 가장 낮은 디딤판에 오르는 데 성공했다. 이후로는 그냥 사다리를 잘 올라가면 되었다. 배낭과 그물을 밑에 두고 왔다. 회중전등은 내 바지 뒷주머니에 꽂아두었다. 용마루까지 올라가는 일은 아이들 장난이었다. 나는 함석판 지붕 위에 올라탔는데, 바지를 통해 차갑고 축축한 느낌이 올라왔다.

여기에서 나는 우리가 이사를 온 외진 마을을 내려다볼 수 있었다. 물감 웅덩이 같은 호수, 창문이 한두 개씩 밝게 빛나는 고층건물, 단독 주택, 유리 베란다가 달려 있는 여름집과 전나무

숲의 윤곽이 들쭉날쭉한 마을의 다른 쪽도 보였다. 우리가 이 마을에 이사만 오지 않았더라면!

나는 지붕 밑으로 미끄러져 내려갔다. 그다지 경사가 심하지는 않았다. 고무장화와 내 손바닥으로 충분히 속도를 조절할 수 있다고 믿었다. 내 계산에 따르면 나는 우리 교실 창문 바로 위에 있는 추녀의 물받이에 다다라야만 했다.

갑자기 나는 고무장화가 습기 때문에 정지하지 않는다는 것을 감지했다.

이제 아스팔트가 깔려 있는 바닥으로 떨어지겠거니 생각했다. 그런데 신발은 길고 날카로운 소리를 내며 멈추기 시작했다. 다행스럽게도 내가 추녀의 물받이에 이르렀을 때, 또 문제가 생겼다. 이제 어떻게 창문 안으로 들어가느냐가 관건이었다.

나는 추녀의 물받이 길이를 따라 몸을 쭉 폈고 가장자리에 몸무게를 실었다. 내 손바닥은 지붕에서 미끄러져 내려오느라 거의 불이 나고 있었다. 창문까지의 거리는 엄청나게 멀어 보였다. 나는 조심스럽게 오른손을 밑으로 뻗어서 손끝으로 창문을 들어올리려고 노력했다. 왼손으로는 쥐가 날 정도로 추녀의 물받이를 꼭 잡았으나, 이 물받이는 그다지 튼튼해 보이지 않았다. 마침내 나는 손톱으로 창문을 들어올리는 데 성공했다.

이제 창문으로 기어들어가는 일만 남았다. 이런 멍청하긴! 군나르의 구명 밧줄을 가져왔더라면 좋았을 텐데! 나는 물받이의 가장자리를 기어내려가서 손으로 위쪽을 단단하게 잡았다. 한 순간 나는 허공에 매달려 있었다. 발은 창문에 닿지 않았다. 교실로 들어가기 위해서 나는 그네를 타듯 다리를 흔들어 교실 안으로 움직이는 동시에 물받이를 잡고 있던 손을 놓아야만 했다. 땅을 쳐다보자 소름이 돋아났다.

갈색 리놀륨이 깔려 있는 교실 바닥으로 떨어지면서 엉덩이는 창틀에 부딪혔고 등은 창문에 긁혔다. 우선 나는 내 자리에 기대어 잠시 숨을 돌렸다. 어둠 속에서 교실은 낯설어 보였다. 나는 회중전등을 켜서 주변을 비춰보았다. 교실 뒤에 아이작의 그림이 붙어 있었다. 백조도 조달할 수 있었지만, 갈색 백조는 구하기 힘들었을 것이다. 학교에서 당직을 서는 누군가의 주의를 끌지 않도록 전등을 껐다.

나는 복도로 나가 계단을 내려가서는 입구의 문을 열었다.

됐다. 이제 나는 새 몇 마리를 데려오면 되었다.

살이 찐 게으른 오리들이 졸면서 학교 주변에 있었는데, 운동장 가장자리에 있는 잡초에도 있었고 호숫가 갈대숲에도 있었다. 오리들은 부리를 날개 밑에 숨기고 있어서 암갈색 바위 같았다. 오리를 잡는 행위는 대략 감자를 캐내는 일만큼 힘들다.

새들은 학교에서 주는 음식물로 성장을 했는데, 그래서 소화를 잘 시키지 못한다. 새들의 도주본능은 오래전부터 생선튀김, 간을 넣은 치즈, 소시지와 파란색의 감자경단으로 인해 막혔다. 그래서 나는 오리를 그냥 불러 모으기만 하면 되었다.

나는 그물로 오리를 한 마리씩 건져서는 넓은 텐트 속에 넣었다. 그러자 날카롭고 꽥꽥거리는 소리가 점점 더 커지기 시작했다. 그러자 나에게 잡히지 않은 오리들이 아직 잠에서 덜 깨어나서 뒤뚱거리며 머리를 밖으로 내밀었고, 뻣뻣한 다리로 서투르게 움직이다가 넘어지지 않으려고 날개를 파닥거렸다. 이들을 보니 쓰레기장에 흔적을 남기는 살찌고 작은 조깅족이 떠올랐다.

오리는 근처에 살고 있는 비둘기를 깨웠고, 그러자 비둘기는 이제 구르르거리며 날개를 휘저어 밤하늘을 날았다. 오리는 호기심에 찬 갈매기 몇 마리도 유인했다. 이 갈매기들은 운동장에 무슨 일이 일어났는지 알기 위해 운동장 위를 소리를 지르며 날아다녔다.

원래 나는 오리 서너 마리만 잡을 생각이었다. 아이작은 더 많이는 필요하지 않았다. 그런데 나는 그만 사냥의 광기에 사로잡혀 한 마리씩 모두 잡아서 텐트 속에 넣어버렸던 것이다.

마침내 내가 가득 찬 텐트를 끌고 계단을 올라가자, 꽥꽥거리며 온갖 시끄러운 소리가 들려왔다. 얼마나 무거운지 땀이 흘러내릴 정도였다.

나는 싸구려 빵을 꺼내서 교실에 뿌려주었다. 오리들은 우선 1교시까지 이것으로 배를 채우고 만족해할 것이다. 그런 뒤에 나는 텐트를 열어서 날카로운 소리를 질러대는 새들을 밖으로 내보냈다. 이 야만적인 소음은 내가 집으로 가기 위해 계단을 내려왔을 때도 들려왔다. 하지만 점점 조용해질 게 분명했다.

새벽이 될 때까지 오리 사냥을 하느라 잠을 거의 자지 못했기 때문에 뭔가 몽롱한 상태로 나는 학교에 왔다. 하지만 기분은 최고였다. 이미 늦은 시각이어서 나는 계단을 두 개씩 올라갔다.

그런데 교실로 들어가는 문 앞에 아이들이 서 있었다. 카티는 나에게 정겨운 미소를 보냈고 번개처럼 일전에 나에게 키스를 할 때와 같이 입술을 뾰족하게 내밀었다.

아이작은 비 맞은 푸들처럼 물품보관함 곁에 서 있었다. 아이작은 내가 새를 가져오지 못했다고 믿고 있었고, 그래서 담임이 뭐라고 할지 걱정하고 있는 것 같았다.

나는 아이작에게 다가갔다. "새는 내가 알아서 준비했지." 내가 귓속말을 했다.

"알아." 그는 특별히 감탄할 것도 없다는 듯 말했다.

"그런데 너무 많아." 아이작의 기분을 좋게 해주기 위해서 나는 덧붙여 설명했다.

"알아." 그가 대답했다.

"갈색." 내가 말했다.

"알아." 아이작은 마치 삼킬 수 없는 것을 씹는 사람처럼 우물거렸다.

"오리야." 나는 이렇게 말하며 상냥하게 아이작에게 윙크까지 했다.

하지만 아이작의 인상은 전혀 변하지 않았다. 그의 입에서 또다른 '알아'라는 말이 튀어나올 순간이었다. 그 순간 담임이 등장했고, 담임이 입고 온 흰색 옷은 우리들의 중얼거림을 단번에 쓸어갔다.

"도대체 무슨 일이지?" 담임이 구르르거렸다. "왜 다들 여기에 서 있는 거야? 자, 안으로 들어가!"

담임은 마치 거대한 백조인양 팔을 활짝 벌렸다. 그때 처음으로 나는 교실 안에서 흘러나오는 소음을 듣게 되었다. 묘사하기 힘든 야생의 소리였다. 바로 이 때문에 아무도 교실 안으로 들어가지 않았던 것이다. 분명 아이들은 문을 약간 열어보다가 금세 뒤로 물러났을 것이다. 이런 빌어먹을! 내가 좀 심했던 게 아닐까라는 생각이 점점 밀려왔다. 오리 다섯 마리만 해도 충분했을텐데.

"왜 교실문을 열지 않니?" 담임이 고함을 지르며 문을 활짝 열었다.

담임은 입을 쩍 벌리고 문턱에 서 있었다. 그녀의 이중턱이 개구리처럼 떨어댔다.

적어도 열다섯 마리의 오리가 교실 안에서 퍼덕거리고 풀쩍 뛰거나 뒤뚱대며 걷고 있었다. 교실 바닥은 언뜻 봐도 빵 부스러기와 새들의 똥으로 뒤덮여 있었고, 새똥은 오리들이 날개를 퍼덕이는 바람에 점점 공기 속으로 날아다녔다. 오리는 머리를 치켜들고 아주 악의에 찬 시선으로 우리를 바라보았다.

그 가운데 한 마리가 기습적으로 도망칠 시도를 했다. 날개를 펄럭이며 교실 문으로 다가왔던 것이다. 오리가 담임의 오른쪽 귀 근처에 왔을 때 찢어지는 소리를 질러댔다. 담임은 팔을 높이 들더니 높은 구두를 신고 부들부들 떨며 교실 안으로 들어갔다.

교실 안에 들어가자 담임은 바닥에 주저앉더니 피아노에 등을 기대고 손으로 얼굴을 탁탁 때렸다.

"세상에! 이런, 야단이 났어!" 담임이 한숨을 내쉬었다. 첫 번째 오리가 이미 밑에 있는 계단까지 내려가서 벽과 벽 사이를 이리저리 비틀거리다가 소리를 질러댔다. 두 번째 오리는 교실 맨 뒷줄에 있는 책상에서 비상했다. 이 녀석은 날갯짓을 힘껏 하더니 마치 배구공 두 개처럼 재빨리 날아왔다. 하지만 그사이 우리 모두는 교실 안으로 들어왔고 마지막으로 프리다가 문도 닫은 상태였다. 마지막 순간에 오리 두 마리는 어쩔 수 없이 방향을 바꾸어 교탁에 착륙하는 선택을 했다.

카티는 찬란한 미소로 나를 기쁘게 해주었다. 카티는 오리 한 마리를 잡았는데, 물리지 않으려고 오리 뒷머리를 꼭 잡고 있었다.

"탕문 열어!" 그녀는 어제 혀를 다치는 바람에 아직도 발음이 어눌했다.

그러자 우리는 함께 오리를 교실에서 내쫓았다. 우리는 쉭쉭 소리를 냈고, 물려고 덤비는 오리들을 창밖으로 몰아내려고 바닥과 책상 위에 있던 오리를 사냥했다. 창문에서 오리들은 학교 건물 관리인이 있는 곳으로 날아갔는데, 관리인은 입을 쩍 벌리고 운동장에 서서, 도대체 우리가 무슨 일을 하는지 궁금해하고 있었다. 마지막 오리가 교실 천장에 있는 전등 위로 날아갔다. 그러자 지기와 슈테판이 분필 세례를 퍼부었고, 그 바람에 놀란 오리는 꽥꽥거리며 창밖으로 날아가버렸다.

마지막 남은 오리마저 교실에서 나가자 끔찍한 침묵이 덮쳤다. 오리 한 마리가 올라앉았던 전등은 마치 보이지 않는 바람을 맞은 듯 이리저리 움직였다. 창백한 전등 빛은 공책과 교과서가 쌓여 있는 중간에 내동댕이쳐진 책상 위를 비추었고, 빵

부스러기와 뭉개진 백묵 그리고 동물들의 똥과 종이뭉치들로 가득한 교실 바닥을 비추었다.

이처럼 엉망진창이 된 교실의 짓누르는 침묵 속에서 담임은 주름장식이 달린 하얀색 옷을 입고 마치 커다란 인형처럼 바닥에 앉아 있었다. 다리는 쭉 뻗고, 등은 피아노에 기댄 채 아주 조용하게 말이다. 담임은 눈썹조차도 꿈쩍하지 않았다. 만일 눈을 뜨고 있지 않았다면, 우리는 그녀가 자고 있다고 믿었을 정도였다. 커다란 흰손은 배 위에 곱게 얹어두고 있었다. 이런 광경은 참으로 기묘했다.

"이제 다 나갔어요, 선생님!" 네티가 조용하게 말했다.

하지만 선생님은 아무런 대답도 하지 않았다.

그녀의 예민한 콧방울은 마치 창밖으로 날아갈 듯 파르르 떨고 있었다. 내 심정은 몹시 불편했다. 선생님의 얼굴 표정은, 손님들이 북적대다가 새벽녘에 파티가 끝나서 모두가 돌아가고 나면 담배 연기에 휩싸여 홀로 앉아 있는 어머니의 표정처럼 슬퍼 보였다. 물론 오래전의 일이었지만.

우리들 가운데 그 누구도 어떻게 해야 할지 아는 사람이 없었다.

"이제 다 나갔어요." 우리가 말했다.

하지만 선생님은 여전히 아무 말을 하지 않았다. 우리는 선생님을 방해하지 않으려고 조심하며 의자와 긴 의자를 날라다가 원래 있던 자리에 놓았다. 영리한 펩시는 칠판 지우개를 집어서 바닥을 닦았다.

"도대체 이게 무슨 일이지?" 담임이 바닥에 앉아서 물었다. 우리는 움찔했다. 이미 고요함에 익숙해져 있었기 때문이다.

"제가 그랬어요." 내가 말했다.

"뭐라고?" 담임이 물었다.

"제가 오리를 데리고 왔어요. 원래 그럴려고 한 건 아니었어요." 내가 설명했다.

"그럴려고 한 게 아냐?"

"그렇게 많은 오리를 데려올 생각은 하지 않았는데, 그런데 그렇게 되었다구요." 내가 말했다.

"아하."

"그건 원래 제 책임입니다!"

아이작이었다. 녀석이 내 앞에 와서 서는 바람에 아이작의 금발 머리가 내 코에 닿을 듯 말 듯했다.

"그건 제 새들이었어요."

"너의 새라고?" 담임이 물었다.

"그러니까, 여기 있던 오리가 아니라, 원래 저에게는 새가 없어요. 하지만 있다고 말해버렸습니다. 그래서 오늘 저한테 있지도 않은 새를 가지고 데려오기로 했죠. 전 파울에게 부탁을 했고 파울이 오리를 데려온 것이고요."

담임은 몹시 혼란스러운 것 같았다. 햇빛이 창문을 통과해서 들어왔고 아이작의 헝클어진 머리카락을 비추었다. 나는 갑자기 아이작의 어깨를 잡아서 내 쪽으로 돌리고 싶은 욕구를 느꼈다. 그 순간 아이작이 몸을 돌리더니 내 눈을 똑바로 쳐다보는 바람에, 나는 고개를 돌려 창밖을 봐야만 했다.

"자, 너희들은 모두 나가 있어." 담임이 지쳐하며 말을 했고 학우들은 손을 흔들며 나갔다. "나는 파울하고만 잠시 있고 싶다."

다른 친구들은 사라졌다. 아이작도 역시 교실에서 나갔다. 하지만 카티는 교실을 나가기 전에 나를 휙 지나가며 장난스럽게 엉덩이를 찰싹 때렸다.

"나중에 봐, 내 따랑!" 카티는 내 귀에 불분명한 발음으로 속삭였다.

교실에는 이제 담임과 나 이렇게 둘만 남게 되었다.

"앉아." 담임이 말했다.

나는 선생님 앞에 앉았다. 그리고 우리는 침묵했다.

선생님은 커다란 두 눈으로 슬프게 나를 쳐다보았다. 우리는 한 마디도 하지 않고 바닥에 앉아 있었다. 분필가루가 가벼운

가루처럼 우리가 앉아 있는 아래로 살포시 떨어졌다. 시간은 무한하게 늘어지는 것 같았고 담임은 입을 다물고 있었고 나는 무슨 말을 해야 할지 몰랐다. 담임의 눈이 마치 낭만적인 조명등처럼 나를 훑는 사이, 할 말이 나의 목구멍에 걸려 있었다. 더 이상 참을 수가 없었다.

"너희 부모님이랑 면담을 해야겠는데, 너도 이해하리라고 봐." 마침내 담임이 입을 열었다. "체육 선생님이 어제 나한테 이야기해주더라. 네가 여학생 탈의실에서 무슨 일을 했었는지 말이야. 그다지 아름답지는 않더구나. 그리고 커닝 사건도 있었지. 네가 이 학교에 전학온 지 며칠 동안, 내가 몇 년 동안 체험했던 일을 다 저질렀어. 그러니 도대체 어떻게 해야 할지를……."

그러고 난 뒤 나는 종종걸음으로 밖으로 나갈 수 있었다.

선생님은 내 어머니와 의논하기 위해 우리 집으로 오겠다고 했다. 무슨 일이 한바탕 터질 것 같았다. 도대체 어떻게 해야만 할까…….

9

담임이 불평하는 남자를 만나고,
나의 어머니는 엉뚱한 모델을 찾았고,
군나르는 너무 많은 것을 이해하고 천둥과 번개가 치게 되는……

정확하게 네 시가 되자 그녀가 시야에 나타났다.

그녀는 털가죽 깃이 달려 있는 밝은색 외투를 입고 있었고, 꽃
모양이 그려진 양산을 들고서 우리 집이 있는 길을 향해 달팽이
처럼 느린 속도로 움직였다. 그녀는 이따금씩 하늘을 쳐다보았
는데, 장례식 때 검정색 양복을 입은 뚱뚱한 신사들처럼 하늘에
는 시커먼 구름들이 모여 있었다.

노간주나무 덤불에서 불편하게 숨은 채 나는 멀리서도 이미
그녀가 다가오는 모습을 보았다. 나는 이미 오래전부터 매복해

있던 참이라 그사이 발이 차가워졌다. 나는 어머니와 선생님이 나누는 대화를 몰래 엿듣기로 결정했다. 그래서 반드시 담임이 오는 모습을 봐야 한다는 강박관념을 가졌던 것 같다.

담임은 우리 집 정원 앞에서 잠시 머뭇거리더니 다 허물어져 가는 집을 엿보았는데, 군나르는 바로 이 집에 망가진 자신의 자동차를 세워두었다.

그런 다음 그녀는 울타리에 난 구멍을 통해 악셀손을 쳐다보았다. 악셀손은 떨어져나온 벌통을 지붕에 다시 박고 있었다.

"죄송한데요!" 담임이 소리를 질렀다.

"뭐라고요?" 악셀손은 대답을 하고서 망치질을 멈추었다.

"죄송한데요, 크롤 씨 댁이 여기 이곳이 맞나요?" 그녀가 큰소리로 물었다.

"병원에서 오셨나요?" 늙은이가 괴팍스럽게 물었다.

"어떤 병원이요?" 선생님이 당황해서 다시 물었다.

"미친 노인네를 데려가기 위해서 오셨나구요?"

"어떤 노인네요?" 이번에는 더 놀란 표정이었다.

"며칠 전에 여기 나타났던 노인네요. 어떤 차림이었는지 아세요? 검정색 여자 부츠랑 긴 속바지를 입었다구요! 어떻게 생각하세요? 아침 여섯 시에 나타나서는 문을 쾅쾅 두드려서 이웃사람들 전부 깨버렸지 뭡니까. 이런 점에 대해서 어떻게 생각하세요?" 흥분을 하니 악셀손의 얼굴은 점점 붉어졌다. "그리고 밤이 되면 이 노인네는 콘트라베이스를 연주하기까지 한다니까요!"

"유감스럽지만, 저는 다른 일로 왔답니다." 담임은 흰색 옷을 살짝 잡아당겼는데, 정말 간호사들이 입는 옷이랑 약간 닮은 구석이 있었다. 그리고 담임은 들고 있던 양산을 마치 흔들어야 하는 거대한 체온계처럼 흔들어댔다.

"그렇다면 분명 보험회사에서 오셨나보군요." 악셀손은 마치 질문놀이라도 하듯 물었고, 더러운 손으로 담임이 입고 있는 밝은색 외투를 덥석 잡았다.

"제가 온 이유……." 담임은 말을 하려고 입을 열었다가 끝내지 못했다.

"얼마만큼 손해를 입혔는지 보러 온 거죠, 그렇죠?"

"노인이요?" 담임은 친절하게 물었다.

"아뇨! 제기랄! 노인네가 아니라 모자를 쓰고 운전하는 놈이죠. 노인네의 딸과 함께 사는 인간이요."

"그 남자가 어떤 짓을 했는데요?" 담임은 알고 싶어했다.

"무슨 짓을 했냐고요?" 악셀손이 그제야 폭발했다. "그 빌어먹을 자동차를 몰고 내 정원으로 쳐들어왔지 뭡니까! 우선 저기 울타리에 난 구멍을 통해 들어오더니, 잔디를 이리저리 다 헤집고 다녔고, 끝내 내가 기르는 벌통을 박살냈다는 거 아니오! 범죄자 같으니! 하지만 나는 반드시 복수를 하고 말거요!"

악셀손은 담임에게, 군나르가 정원과 양봉통 그리고 집앞에 있는 계단을 어떻게 엉망으로 만들었는지 보여주기 위해서 안내하려고 했다.

"죄송한데요," 담임은 부러진 울타리 가지를 잡고 말했다. "저는 사실 보험회사에서 오지 않았답니다."

악셀손의 이마에 주름살이 깊게 파였다. 하지만 곧 그의 인상이 밝아졌다.

"그럼 그 소년 때문이군!" 그가 소리를 질렀다. "그 소년 때문에 오신 거군요!" 담임은 고개를 끄덕였고 악셀손의 예리한 감각에 감탄을 하는 것 같았다. 하지만 나는 발이 얼음으로 변하는 것 같은 느낌이 들었다.

"체포해 가는 거죠, 그렇죠?" 남의 불행을 즐기는 늙은이가 고소하다는 듯 말했다. "그렇지, 암암! 노파의 손가방을 훔쳤으니! 내 눈으로 직접 봤다니까요! 저 집에 사는 사람들 전부 데려가야 해요. 그야말로 정신병자들이 분명하니까."

"손가방을 훔쳤다구요?" 담임은 한숨을 내쉬었다.

"그랬다니까요!" 악셀손은 강조해서 말했다. "술까지 취했더라구요, 제대로 서 있지도 못하던 걸. 그래, 암암. 그런 걸 요즘

에는 학교에서 다 배우나보죠? 요즘 애들은 사람들을 때리기까
지 하겠더라고, 안 그래요, 숙녀분?"

숙녀는 고개를 흔들고는 몇 발자국 뒤로 물러났다. 학교에 관
한 언급은 그녀의 마음에 들지 않았던 게 분명했다.

"이제 저는 가야겠어요. 정보 감사해요." 담임은 짤막하게 말
했다.

담임은 이제 우리 집을 향해서 갔고, 잠시 서 있더니 발끝으로
살금살금 걸으면서 결정을 내리지 못한 표정을 지었다. 아마 악
셀손이 얘기해준 말을 다 듣고 나서 우리 집 안으로 들어갈 용
기가 사라졌던 것일까? 그러면 얼마나 좋을까만은. 만일 담임이
이 모든 것에도 불구하고 벌집을 건드린다면, 나도 내 역할을
내려놓아야 했다. 그러면 모든 게 끝이 나게 될 것이고. 나는 즉
시 옷을 입을 수도 있을 것이다. 이로써 내가 소년으로 행동했
던 시기가 모욕적으로 막을 내린다는 의미가 되었을 것이다.

담임이 정원으로 들어가는 문으로 최초의 한 걸음을 옮겼을
때, 나는 총알처럼 길을 가로질러 갔고, 악셀손 아저씨 집의 울
타리에 나 있던 구멍을 통과해서 그의 마당을 지나 담을 넘었
다. 그런 다음에 열려 있는 부엌창을 통해 우리 집 안으로 잽싸
게 들어갔다. 이 모든 것은 숨이 가쁠 정도로 빠르게 진행되어
서 하마터면 전자레인지 위에서 부글부글 끓고 있는 거대한 냄

비에 머리를 퐁당 담글 뻔했다. 바로 이 순간 초인종 소리가 울렸다.

모든 것이 참으로 멋지게 시작되었다.

부엌문 뒤에서 관찰하고 있던 나는, 어머니가 문을 열어주자 담임의 당황스러워하는 얼굴표정을 쉽게 볼 수 있었다. 담임은 의도하지는 않았으나 뒤로 물러났고, 그러는 바람에 담임이 신고 있던 구두의 굽은 높이뛰기 선수처럼 긴장된 모습이었다. 왜 냐하면 구두는 계단의 가장자리에 걸쳐진 상태에서 겨우 균형을 잡고 있었기 때문이다. 버찌처럼 빨간 담임의 입술이 열렸고, 만일 이때 공기가 들어가지 않았더라면 "안녕하세요" 혹은 이와 비슷한 인사를 했을 것이다. 하지만 담임의 입에서 나온 소리는 대략 "우아아아아!"였다.

"어서 오세요, 자기! 이렇게 빨리 오시다니, 정말 멋지군요!" 어머니는 나팔을 불듯 말을 하고서는 담임의 외투소매를 잡아 문간으로 끌어당겼다. 마치 마굿간에 데려가야 할 말을 끌 듯이.

"외투는 여기 내려놓으면 되구요, 자기!" 어머니는 담임이 입고 있는 외투를 신나게 벗겼다.

어머니가 내가 있는 방향으로 몸을 돌렸을 때, 담임이 왜 그렇게 놀랐는지 이해할 수 있었다. 어머니는 부드러운 빨간색 벨벳으로 된 낡은 외투를 입고 있었는데, 거기에는 금색으로 용이 새겨져 있을 뿐 아니라 온갖 색깔들이 난무했다. 게다가 어머니는 분홍색 팬티 스타킹과 멕시칸식 털장화를 신고 있었다. 어머니가 입는 의상을 고려하면 이런 차림은 그나마 정상에 속했다. 하지만 어머니의 인상은 뭔가 낯설었다. 어머니는 자신이 삽화를 그려주는 어떤 잡지에서 이상한 레시피를 보고 요구르트, 효모 그리고 계란노른자를 섞어서 얼굴에 바르고 있었다.

어머니의 까만색 머리카락은 중간 정도 길이였지만 뭔가 야생의 여자 같은 분위기를 풍겼다.

어머니는 담임의 팔짱을 끼고서 즐겁게 거실로 들어갔다. 그 사이 구름이 해를 가렸기 때문에 거실 안은 크리스털 샹들리에로부터 흘러나온 빛이 가득 차 있었다.

"여기는 군나르라고 해요!" 어머니가 군나르를 소개했다. "이 사람도 역시 프로답지는 않죠." 어머니가 담임에게 정보랍시고 그렇게 말했다.

군나르는 오늘따라 영 시원찮았다. 그는 방 뒤편에 있는 녹색 양철 욕조에 들어가 있었다. 뼈가 드러난 무릎은 물에서 불쑥 솟아나 있었고, 물에는 플라스틱 오리 몇 마리, 등에서 분수처럼 물이 솟아나는 고래, 그리고 돛단배가 둥둥 떠다녔다. 욕조가 붙은 벽에는 태엽을 감는 인형이 파닥거리며 수영을 하고 있었다. 욕실 바닥에는 검정색 서류가방이 열린 채 놓여 있었는데,

그 안에는 장난감이 가득 차 있었다.

"반갑습니다." 군나르는 수줍게 미소를 지었고, 모자를 살짝 건드렸으며 제대로 맨 넥타이와 산뜻한 푸른색 외투의 매무새를 만졌다.

"이분은 제 아버지시구요!" 어머니는 연이어 가족을 소개했다.

할아버지는 입술에 부드러운 미소를 담고서 흔들의자에 앉아 담임에게 고개를 끄덕였다.

어머니는 당황하여 아무 말도 하지 못하는 담임을 마치 흰색 천과 분홍색 피부로 이루어진 회전목마처럼 돌렸다.

"멋져!" 어머니는 진심에서 우러나 감탄을 했다. "바로 내가 찾던 거야! 이 얼마나 훌륭하고 풍성한 육체인지! 안 그래요?" 어머니는 그렇게 말하며 당황한 담임의 배를 톡톡 두드렸다.

이제 어머니는 담임을 차를 마시는 식탁으로 안내했는데, 욕조 뒤에 새로 마련해두었다. 식탁에는 생크림을 넣은 과자, 케이크, 비스켓, 바닐라가 든 과자 등이 준비되어 있었다. "여기 앉으세요." 어머니는 의자를 식탁으로 끌어당기며 말했다. "좋아요, 좋아. 정말 끝내줘요. 이제 팔꿈치를 식탁 위에 얹고 담배를 입에 무세요. 환상적이야! 너무 달콤해요."

나는 머리는 물론 속도 어지러웠다. 마음 같아서는 당장 뛰어나가서, 어머니의 손에서 담임을 자유롭게 해주고 싶었다. 거의 경악을 금치 못하고 있는 담임을 어머니는 이제 속눈썹과 펜슬로 화장을 해주는 바람에, 담임은 무성영화에 나오는 배우처럼 보였다. 마침내 어머니는 챙이 넓은 모자를 담임의 머리에 씌워주었다.

가만히 앉아 있는 모양으로 판단하건대 담임은 할 말을 잃은 것 같았다. 어머니에게 발동이 걸리면, 사람들은 어느 정도 불시에 공격을 당하기 일쑤였다. 그러면 반항하기보다 그냥 그 흐름에 몸을 맡기는 수밖에 없었다.

"죄송해요, 제가 너무 재촉을 하죠." 어머니는 스케치를 하다 말고 말을 했다. "하지만 그게게 벌써 완성해야 할 작품인데. 그래서 스트레스가 장난이 아니에요!"

어머니는 제정신이 아닌 사람처럼 연필과 붓으로 일을 했다. 히죽거리는 연기를 했던 군나르는 이미 종이에 표현되어 있었다. 이제 담임 선생님이 온통 흰색으로 그림에 나타났는데, 마치 갈아으깬 아몬드, 초콜릿과 생크림으로 이루어진, 낙원에서 잔뜩 배를 불린 천사처럼 나타났다.

"삶의 즐거움!" 나의 어머니가 말했다. "즐거움에 관한 그림이에요. 이건 온통 사랑, 풍요로움, 화려한 색깔, 쾌락, 놀이와 경박함뿐이에요. 그렇지 않아요?"

어머니는 자신과 얘기를 했다. 점차 나는 일이 어떻게 해서 이렇게까지 발전하게 되었는지 이해하기 시작했다. 내 어머니는 삶의 즐거움을 묘사할 수 있는 모델을 기다리고 있었다. 그럴 때 담임이 등장했고, 어머니는 물론 담임이 모델이라고 간주했던 것이다.

담임은 입에서 담배를 떼냈다. 가능하면 정신을 다시 차리려고 노력하는 모습이었다.

"뭔가 오해가 있으신 것 같아요." 담임은 나약한 목소리로 말하기 시작했다.

"오해라뇨!" 나의 어머니는 강렬한 어조로 대답했다. "오해는 무슨 오해를 했다는 거야, 자기? 그래, 오늘날에는 쾌적하게 느끼기 위해서 불평을 터뜨려야만 하지. 가장 최근에 유행하는 태도겠지. 사람들은 살을 빼고, 달리기를 하고, 껑충껑충 뛰고, 조깅하고, 단식을 하고, 자전거를 타고, 땀도 흘리고! 그런 걸 난 얼마나 싫어하는데!"

"그런 뜻이 아니었어요." 담임은 어머니의 말에 반박을 하려 했다. "나는 미스……."

"나도 마찬가지예요!" 어머니가 담임의 말을 끊었다. "하지만 기혼인지 미혼인지는 전혀 중요하지 않답니다. 삶을 즐기는 데는 동일한 권리를 가지고 있다고 봐요. 안 그래요?"

담임은 거의 포기한 것 같았다. 혼란스러운 표정을 한 채 담임은 집게손가락으로 불룩한 생크림을 쿡쿡 찌르더니 하얀색 거품을 맛보았다.

"아드님 때문에 왔답니다." 담임은 몹시 불편하게 눈을 꿈뻑이며 이야기를 꺼냈다. "최근에 몇 가지 문제가 있었습니다. 부모님은 당연히 아셔야 해요. 학교에서 말이죠. 어떻게 말씀 드려야 할지 모르겠지만, 아드님은 몇 가지 못된 짓을 저질렀어요."

"에휴." 나의 어머니가 말했다. "그참 안되었네요. 그래도 심각하지는 않겠죠?"

내가 지금 어떻게 해야 하지? 내 감정을 이해하기라도 하듯, 바깥에서는 우르르 쾅쾅거리기 시작했다. 하늘은 완전히 시커멓게 변했다. 우리 집은 마치 커다란 방에 불이 켜진 작은 인형의 집과 같았다. 눈치채지 못하게 재빨리 할아버지에게 가서 도움을 요청해야 할까? 할아버지가 정신 나간듯이 연극을 하면 담임도 달아나지 않을까? 하지만 이제는 너무 늦었다. 할아버지는 이미 흔들의자에서 잠이 드신 것 같았으니까.

"잘은 모르겠지만, 그 정도는 아니겠죠." 담임이 말했다. "하지만 뭔가 도가 넘치고 있다는 생각이 들어요. 그래서 제가 어떻게 해야 할지 모르겠답니다……."

"그래요, 저 역시 전문가가 아니니……." 나의 어머니가 말했다.

"전문가가 어디 있겠어요. 다만 문제에 관해서 말을 하고 싶은 욕구는 있는 거죠."

"물론이에요." 어머니가 말했다. "그 어린 꼬맹이가 도대체 무슨 짓을 했죠? 부담없이 얘기해보세요, 귀를 쫑긋 세워서 듣고 있어요, 자기."

담임이 천천히 그리고 주저하면서도 내가 저질렀던 모든 행동에 관해서 이야기를 하는 동안, 천둥과 번개를 동반한 악천우는 우리 집에 더 다가왔다. 나의 어머니는 '흠' 또는 '아'를 연발하면서 생기 가득한 그림에 마지막 색칠을 하고 있었다. 회색의 배경을 바탕으로 군나르, 담임, 장난감과 과자가 터키옥색, 분홍색과 흰색으로 둥둥 떠 있었다.

이제 난리가 나겠구나 생각하고 나는 어머니를 흘깃 쳐다보았다. 하지만 어머니의 얼굴에는 아무런 변화가 없었다.

"예, 거기까지입니다." 담임은 인상적인 보고를 마쳤다.

"그거 알아요, 자기?" 스케치북에서 그림을 찢어서는 말리며 말했다. "정말 열심히 들었는데, 이야기는 매우 인상적인 건 분명해요." 어머니는 군나르가 앉아 있는 욕조에 헝겊을 담그더니 그것으로 자신의 얼굴에 묻은 얼룩을 닦아냈다.

"이제 끝났어?" 군나르는 수줍게 물었다. "여기 찬물에 더 앉아 있으면, 나 방광염에 걸릴 것 같아."

"그 밖에는 달리 할 말은 없나요?" 담임이 물었다.

어머니는 벌써 신발을 신기 시작했다. 너무 정신이 나가서 달아나고 싶은 것이었을까?

"죄송해요." 어머니가 말했다. "하지만 이미 말했듯이, 지금 너무 바빠서 말이죠. 여기까지 와줘서 너무 고마워요. 그리고 아드님과 관련해서는, 아들을 자랑스러워해도 될 것 같아요. 생기와 환타지가 넘치는 소년이 틀림없으니까요."

"내 아……아……들이라고요?" 담임이 말을 더듬었다.

"네." 어머니가 말했다. "그리고 아들이 입고 다닌다는 그 옷, 그 걱정은 내려놓아요, 자기. 내 딸도 그런 차림으로 돌아다니거든요."

이렇게 말하고 어머니는 사라졌다.

담임은 얼이 완전히 빠진 사람처럼 보였다. 그녀는 의자에서 힘들게 일어나더니 커다란 모자를 벗지도 않고 출입문으로 갔다. 군나르가 발을 질질 끌며 문까지 따라가서 바지를 입지 않은 채 외투만 입은 웨이터처럼 담임을 도와주었다.

"제가 그녀의 아들에 관해서 얘기를 하고 있는데, 왜 그녀는 이해하지 못했죠?" 담임이 물었다.

"유감이지만, 그녀에게는 아들이 없거든요." 군나르가 말했다.

그러자 담임은 어둠과 천둥 그리고 주룩주룩 쏟아지는 빗속으로 미끄러져 나갔다.

와우, 살았어! 딩디리딩딩!

번개가 하늘에 번쩍했다. 거대한 바위들이 서로 부딪히는 듯한 굉음이 구름을 뚫고 나와 귀를 찢었다. 빗줄기가 세차게 떨어져서 몇 초 만에 내 옷에 완전히 스며들었다. 나는 젖기 위해서 다시 부엌 창을 통해 밖으로 나갔던 것이다. 그렇게 하지 않으면 군나르는 내가 집 안에 있었다고 의심할 수 있었기 때문이다.

바깥에 있는 동안 나는 흰색 옷을 입은 여자가 계단을 올라오는 모습을 보았다. 어머니가 주문한 모델이 분명했다. 한참 뒤에 그녀는 지극히 기분 나쁜 표정으로 돌아갔다. 군나르는 그녀에게 무슨 말을 했을까?

나는 심호흡을 했다. 할아버지가 언급했던 그 악마는 정말 일을 철저하게도 처리했다! 하지만 얼마 동안 무사하게 넘어갈 수 있을까? 나의 어머니는 모든 것을 완전히 오해했던 것인가? 그래, 그런 것 같았다.

내가 다시 집으로 들어갔을 때, 군나르는 흔들의자에 앉아 있었다. 할아버지는 방으로 돌아가셨다.

"하이!" 내가 말했다. "발이 물에 완전히 들어갔나봐요?"

"에취!" 군나르는 헐떡거리더니 파이프 담배를 피웠는데, 연기에서 구두창 냄새가 났다.

"엄마는 어디 있어요?" 내가 물었다.

"신문사에 그림 갖다줘야 한다고 나갔어. 곧 돌아올거다." 군나르가 대답했다.

"할아버지는요?"

"2층에서 쉬고 계셔."

그러자 할 말이 없었다. 나는 창쪽으로 갔다. 검은색 구름들이 돌처럼 지붕 위에 내려앉았다. 천둥 소리는 마치 거대한 돌을 깨는 기계처럼 점점 더 격렬해졌고, 번갯불이 터지더니 용접할 때의 불꽃처럼 환해지기도 했다. 이제 악천우는 우리 집 바로 위를 덮쳤다.

나는 창틀에 이마를 기대고서는 어머니가 했던 말을 생각했다. 담임에게 말하기를, 있지도 않은 아들에 대해서 자부심을 느껴도 된다고 했지. '생기'와 '환타지'로 가득한 아들이므로. 어머니는 그게 나였다면 아마 절대 그렇게 말하지 않았을 것이다! 나는 마침내 긴장을 풀기 시작했다. 드디어 해냈어!

"이제 그만둬야 해." 군나르가 말했다.

"뭐를요?"

"다 알고 있다구. 위기를 모면해봤자 아무런 의미가 없어." 군나르는 뭔가 의미심장한 목소리로 말했다.

쾅! 집 전체가 붕 떠는 것 같았다. 내가 몸을 돌렸을 때, 군나르의 얼굴은 막 내려친 번갯불로 인해 번쩍거렸고, 갑자기 그의 얼굴은 파란색과 흰색으로 보였기에 매우 으스스했다. 내 머릿속에서 모든 것들이 뱅뱅 돌아갔다. 그가 무엇을 안다는 거지? 이 웃기는 아저씨가 욕조에서 담임이 하는 얘기를 다 듣고서, 내가 바로 아들이라는 사실을 눈치챘다는? 하긴, 나는 그를 까마득하게 잊고 있었어.

이제 군나르는 내가 입고 있는 소년 옷을 벗기고 학교에 질질 끌고 갈지도 몰랐다. 그러면 나는 완전히 망신이라는 망신은 다 당하겠지! 이 모든 일은 사실 군나르 아저씨 때문이야! 모든 게 아저씨 때문에 일어났다구.

"내가 이해하지 못하는 건 말이야, 왜, 왜 그렇게 하는 거니?" 군나르가 말했다.

그는 자리에서 일어나 나에게 다가왔다.

하지만 나를 붙잡게 둘 수는 없었다!

"파울라!" 그가 나를 불렀다.

하지만 나는 이미 문으로 가 있었다. 뒤에서 나를 쫓아오는 발자국 소리가 들려왔다.

악셀손 집의 불이 켜졌다. 이 늙은이는 나중에 이웃사람들에게 비꼬면서 해줄 얘깃거리를 건진 게 분명하다고 나는 생각했다. 군나르가 맨발에 팬티와 외투만 입고, 늘 그렇듯 진부하고 작은 모자를 쓴 채 문까지 나를 쫓아왔으니 말이다.

나는 쓰레기장으로 뛰었는데, 이곳에는 계속 번개가 치고 어두워졌다가 다시 번개가 쳤다. 군나르의 목소리가 가깝게 들려왔다. 내 다리는 무거워졌다. 청바지가 비에 젖자 걷기가 힘들어졌던 것이다. 바지를 입지 않은 군나르는 나보다 훨씬 잘 뛸 수밖에 없었다. 따라서 금방 나를 잡을 수 있었다.

그때 나는 혹 같은 마디가 있는 가지가 하늘을 향해 뻗어 있는 떡갈나무를 발견했다. 이 나무를 기어오르는 것은 그다지 어려울 것 같지 않았다. 나는 단박에 가지를 잡고 기어오르기 시작했다. 나는 이미 나무를 수백 번 올라가 봤고 그래서 가지가 덤성덤성한 꼭대기 부분까지도 잽싸게 올라갈 수 있었다. 군나르는 현기증이 있어서 올라오지 못할 게 분명했다!

군나르는 이미 나무 밑에 서 있었다.

"내려와, 제발 내려와라 좀!" 군나르는 천둥소리에 들리지 않을까봐 커다란 목소리로 외쳤다.

모든 것이 밀려왔다. 비가 내 눈을 때렸고, 천둥소리는 내 가슴을 때렸다. 하늘과 땅이 번갯불에 녹아버린 안개와 같았다. 마치 나는 빛이 통과할 수 없는, 앞도 보이지 않는 호수에 있는 것 같았다.

"싫어요!" 내가 울부짖었다.

"지금 그 위에 있는 게 얼마나 위험한지 모르겠어? 이 정신 나간 바보야!" 그가 고함을 질렀다.

"상관없어요!" 나는 고함을 지르면서 입안에서 쓴맛을 느꼈다.

"너 진짜 제정신이 아니구나!" 군나르가 소리를 질렀는데, 이번에는 금방이라도 울음을 터뜨릴 것 같은 목소리였다.

"나를 잡고 싶으면, 직접 여기 올라와서 잡아봐요!" 내가 소리를 질렀다.

내가 나무를 올라올 때 맨 먼저 밟았던 그 가지를 군나르가 잡는 모양이 보였다. 그는 어설프게 나무를 꼭 잡고서 그 옆에 있는 가지로 옮아오는 데 성공했다. 그는 힘들게 나무줄기에 올라와서는 축축하고 미끄러운 가지에서 미끄러지고는 했다. 하지만 서서히 나에게로 다가왔다. 그가 새로운 가지에 발을 디딜 때마다 나는 밑으로 떨어질 것이라 확신을 할 정도로 그는 어설프기 짝이 없었다.

"거기 서요!" 내가 소리를 질렀다. "떨어질 것 같단 말이에요!"

하지만 군나르는 멈추지 않았고 있는 힘을 다해 위로 기어 올라왔다.

"빌어먹을 빨간코!" 그가 소리를 질렀다.

바로 이 순간 하늘이 번쩍하더니 끔찍한 소리로 폭발음이 들려왔다. 활활 타는 지붕처럼 불길이 우리에게 떨어졌다. 눈이 부셨지만 나는 떨어지지 않으려고 나뭇가지에 꼭 매달렸다.

유황 타는 냄새가 났다. 쓰레기장에 있는 뭔가가 불에 탔다. 번개가 우리 집에 떨어지지 않아서 얼마나 다행이었는지! 밑을 내려다보자 머리를 아래로 향한 채 군나르가 매달려 있는 게 보였다. 그의 모자는 땅에 떨어져 있었다. 군나르도 금방 아래로 떨어질 것 같아 보였다.

군나르는 나를 구하기 위해서 나무를 올라오고 있었다는 생각이 갑자기 들었다. 그가 늘 모자를 쓰고 다니는 바보일지라도, 나무에서 떨어져 뼈를 부러뜨리게 놔둘 수는 없었다.

"도와줘! 제발, 나 좀 도와줘!" 그가 애절하게 부탁했다.

대략 그가 매달려 있는 높이에까지 왔을 때, 나는 군나르의 눈에서 끔찍한 공포를 확인할 수 있었다. 그의 얼굴은 담임 선생님의 옷처럼 완전히 하얗게 변해 있었다.

"내 비밀을 절대 말하기 없기!" 내가 말했다. "알고 있는 사실을 절대 입 밖에 내지 않겠다고 약속해요!"

군나르는 고개를 끄덕였다.

"그거 알아요?" 내가 설명을 덧붙였다. "모든 건 타이밍이라는 게 있어요. 그 시간에 맞지 않으면 모든 게 틀어진단 말이죠.

이해하죠?”

군나르는 여전히 고개를 끄덕였다.

“꼭 소녀와 키스를 해야만 했던 거야?” 그가 물었다.

이번에는 내가 고개를 흔들었다.

“이제 나를 도와서 좀 내려가게 해주겠니?” 군나르는 애절하게 물었다. 나는 고개를 끄덕이고 거의 대머리가 된 축축한 그의 머리를 쓰다듬어 주었다.

그가 다시 몸을 똑바로 세울 수 있게끔 도와주었다. 그런 다음에 군나르가 매달려 있는 가지로 기어가서 그의 발을 가장 가깝게 있는 가지 위에 얹어주었다. 그의 발은 뻣뻣하고 차가웠다.

이제 땅에까지 닿으려면 가지 몇 개만 지나가면 되었다. 그때 뭔가 부러지는 소리가 들리면서 군나르가 바람처럼 나를 지나가더니 밑으로 떨어졌다. 그다지 높은 위치는 아니었기에, 그는 전혀 다치지 않을 수도 있었다. 하지만 내가 밑으로 내려갔을 때, 군나르는 혼자서 걷기가 힘들 정도였다. 그래서 군나르는 내 어깨에 팔을 얹고서 집으로 가야만 했다.

“미안해요.” 내가 말했다.

“괜찮아.” 군나르가 대답했다.

“어디에 갔었더랬어?” 우리가 집에 도착하자 어머니가 물었고, 바지를 입지 않은 군나르의 다리와 외투가 더러워진 것을 보고 깜짝 놀라는 표정을 지었다.

"밖에 있는 나무에 올라갔었어." 군나르가 히죽 웃으며 설명을 했다.

"원 세상에, 다들 어린애들같이!" 어머니는 눈을 부릅떴다.

그런 뒤 우리는 식탁에 앉아서 새콤한 크림이 들어 있는 빨간 무 수프와 바삭바삭하고 신선한 빵을 먹었다. 어머니는 그림을 끝내고 나면 항상 그렇듯 기분이 날아갈 듯 좋았다. 우리는 웃었고 군나르의 복사뼈는 너무나 부풀어 올라서 발 전체가 빨간 무 같았다. 그렇지만 보통 때와는 달리 모자쟁이처럼 보이지는 않았다.

"병원에 가봐야 해." 우리가 커피를 마시고 나자 어머니가 말했다.

10

🎀

할아버지는 쓰러져가는 집을 방문하여 마지막으로 첼로를 연주하고,
갈매기들이 기쁨과 비애에 관해 노래하는……

비는 계속 내렸다. 밤새도록 빗방울이 지붕으로 떨어졌다. 그리고 그 다음 날 토요일이 되어서도 하루종일 비가 왔다. 나는 담요를 귀까지 덮고 거실에 있는 마호가니 침대에 누워서 창문을 흔드는 악천우 소리, 바람 그리고 추위와 어두운 구름을 감상했다. 어머니는 빵을 구웠고 그래서 집안 전체에 회향과 아니스 열매 냄새가 진동을 했다. 군나르는 깁스를 한 다리를 쭉 편 채 안락의자에 앉아 있었고, 보험회사에 제출할 서류를 작성하며 세속해서 비와 바람과 추위가 이어질 것이라는 일기예보에 즐겁게 휘파람을 불었다. 할아버지는 두 사람에게 말친구가 되어주다가, 먼지와 베이컨 냄새가 풍기는 요리책을 읽었고, 시계소리가 들리면 코끝을 손가락으로 튕겼다.

아무 일도 일어나지 않는, 그야말로 멋진 시간들이었다. 악마는 아마 휴가라도 간 모양이었다. 악마들도 다른 모든 사람들처럼 휴가가 필요했을 것이다.

이런 평화로움을 방해하는 유일한 것은 바로 카티의 전화였다. 그녀는 분명하지 않은 말투로 나를 월요일에 있을 파티에 초대했고, 자신과 함께 영화를 보러 갈 수 있는지 물었다. 파티에는 가겠다고 했지만 영화관은 거절했다. 그러자 카티는 잔뜩 화를 내며, 그러면 아이작에게 물어보겠다고 말했다.

풍성한 머리숱으로 돌아다닐 그녀를 상상하자 나도 화가 머리끝까지 났다.

나는 상한 기분을 콜라와 치즈 몇 조각으로 달래기 위해 부엌으로 갔다. 할아버지는 아름다운 글씨로 레시피를 길게 쓰다 말고 악천우가 계속되는 바깥을 내다봤다.

"나의 가장 소중한 친구들이여, 내일은 햇볕이 내리쬐는 아름다운 날이 우리를 기다릴 거야. 그러니 내일은 시골로 가보자구." 할아버지가 알렸다.

"하하하!" 비는 할아버지 말을 비웃기나 하듯 창문을 때렸다.

누군가 내 볼을 부드럽게 쓰다듬었다. 주근깨가 있는 얼굴이 내 얼굴 위에 나타났다.

"일어나자, 내 새끼! 해가 떴다니까, 어서 봐봐!" 할아버지가 내 귀에다 대고 노래를 부르듯 말했다.

하얀 턱수염이 나를 간지럽혔다. 그의 눈은 피요르드 해안, 만곡 그리고 바다처럼 투명하고도 파랗게 빛났다. 나는 누군가 나를 깨웠으며 꿈에서 갑자기 깨어나야만 했다는 사실도 잊어버렸다. 할아버지가 내는 꿀꺽꿀꺽거리는 소리는 마치 파도와 같았고 커튼은 거친 바람 때문에 이리저리 휘날렸다.

"내가 차려입는 것을 좀 도와다오." 할아버지가 말했다.

당연하지.

나는 번개처럼 다락방으로 뛰어올라가서 그곳에 있는 상자를 뒤졌다. 그래서 할아버지가 주문한 물건들 대부분을 찾아낼 수 있었다. 즉, 늑대머리가 은 손잡이 모양에 새겨진 지팡이, 부드러운 테가 달린 크림색 양털모자, 흰 면으로 만든 여름 양복, 칼라를 탈부착할 수 있는 셔츠와 흰색 가죽으로 만든 아름다운 신발이었다. 이 신발에는 갈색 발가락모자도 달려 있었는데, 이 모자 위에는 아주 작은 구멍이 있었다.

할아버지가 잠옷 차림으로 다리미판 곁에 서서 다리미로 양복의 주름을 펴는 동안, 나는 다른 식구들을 깨우지 않기 위해 발꿈치를 들고 집안을 돌아다녔다.

　모든 준비가 끝났을 때, 나는 욕조가 있는 지하실로 할아버지를 모셔갔다. 나는 뜨거운 물을 받아주었고 할아버지는 만족스러운 표정을 짓고 욕조 속으로 들어갔다. 그의 피부는 하얀색이었으나 작은 주름살 투성이였다. 나는 여름과 어린시절의 냄새가 나는 그런 비누로 할아버지 피부를 조심스럽게 문질러주었다.

　"훌륭하구나!" 할아버지가 가쁘게 숨을 쉬며 말했다.

　그런 뒤에 나는 할아버지가 옷 입는 것을 도왔다. 축제에 가는 기분으로 할아버지의 옷을 하나씩 입혔다. 마치 옛날의 할아버지를 다시 불러온 느낌이 들었다. 눈이 부시게 키도 크고 곰처럼 힘이 센 할아버지가 거실에 우뚝 서 있었으니까!

　이어서 우리는 아침을 준비했고 피크닉 바구니에 차가운 닭고기, 소시지, 치즈, 빵, 오이, 주스와 보온병을 넣었다. 어머니와 군나르가 내려왔을 때, 우리는 이미 모든 준비를 마친 상태였다.

　어머니는 문 앞에 서서 멋진 남자의 모습을 그냥 지나칠 수 없었다.

　"아버지!" 어머니가 조용하게 말했다.

　어머니는 할아버지 곁으로 가더니 조심스럽게 어루만졌다.

　"여름 양복?" 어머니가 말했다.

　"그래, 곧 여름이 되잖아, 내 예쁜 딸아." 할아버지가 말했다.

“예전처럼.” 어머니가 말했다.

“예전처럼.” 할아버지가 어머니 말이 맞다고 인정해주었다.

어머니의 눈에 눈물이 고였다. 그런 뒤 어머니는 할아버지의 대머리와 금방 면도한 분홍빛 양볼에 입맞춤을 해주었다.

“너무 멋있어 보여요, 아버지!” 어머니가 킥킥거렸다.

“쓸데없는 짓은 이제 그만!” 할아버지가 퉁명스럽게 말은 그렇게 했지만 뾰족한 치아를 드러내며 미소를 지어 보였다. 그리고 마치 호주머니에서 금붕어를 낚시하듯 시계를 꺼냈다.

“서둘러서 아침을 먹도록 해라. 전세 마차가 곧 올거라구.” 할아버지가 말했다.

나는 정말 말이 끄는 마차가 오는가 해서 기다렸지만, 실제로는 보통 택시가 도착했다.

드디어 출발!

궁전이 거대한 장식 케이크처럼 휙휙 지나갔고 그랜드 호텔의 창문이 번쩍번쩍 빛이 났다. 교회, 집들, 양로원, 그리고 돌과 대리석으로 만든 꿈들로 이루어진 도시 전체가 우리 눈을 스치며 흘러갔다. 우리는 ‘태양의 눈’이라는 이름을 가진 배의 후미에 앉았다. 할아버지, 어머니 그리고 나.

군나르는 함께 오지 않았다. 깁스한 상태여서 집에서 쉬겠다는 것이었다. 그리고 너무 오랫동안 욕조에 앉아 있는 바람에 그만 코감기에 걸렸다. 하지만 군나르는 우리 가족끼리 여행을 가기를 원했다고 나는 믿는다. 아무런 추억도 없는 그에게 이 여행은 의미가 없었을 것이다. 그런 점을 잘 알고 있었다.

할아버지는 우리가 양로원에서 빌린 휠체어에 앉아 있었다. 우리는 곧장 탁 트인 물을 볼 수 있었다. 물은 밝은 파란색을 띤 채 수평선까지 번쩍거리며 빛나고 있었고, 하늘에는 갈매기들이 빛과 바람에 취해서 비틀거리며 날고 있었다. 만에는 오리, 백조, 잠수부와 비오리들이 수영을 하고 있었다.

할아버지는 섬과 등대를 가리켰고, 예전에 자주 그랬듯이 그것의 이름이 무엇인지 말해주었다. 그의 눈은 마치 새처럼 주변을 쓰다듬으며 지나갔다.

"저길 봐라!" 할아버지는 지팡이로 연이어 이곳저곳을 가리켰다. "얼마나 아름다운지 보라니까!"

우리는 항상 그랬듯이 고개를 끄덕였다.

"너희 둘은 아무것도 보지 않아!" 할아버지가 말했다. "너희는 전형적인 거위들이거든! 저기 봐, 올가, 보고 있어?"

어머니는 미소를 지으며 할아버지에게 머리를 기댔다.

나는 배 내부로 들어가서 '스웨덴의 가장 인기 있는 자동차들' 한 팩을 샀고 주변의 소음과 인파를 멍하니 구경했다. 내 나이 또래의 아이들은 울부짖는 강아지처럼 휴대용 스테레오를 무릎에 올려두고 있었다. 부모들은 버터 바른 빵을 먹거나 비닐에 싼 지도를 보고 있었다. 바닥에는 어린아이들이 바나나 껍질과 휴지통 사이를 기어다녔고, 고양이 바구니에서는 탐욕스런 노란 눈동자가 저쪽에 있는 새장을 노려보고 있었다. 뱃머리에는 가방, 배낭, 토마토가 열리는 식물, 둘둘 말린 타르지, 배 바깥쪽에 달아두는 소형 모터와 냉장고 등등이 눈에 띄는, 그야말로 엄청나게 혼잡한 광경이었다. 멍청한 나는 마치 이 배 위에 우리만 있는 것처럼 착각하고 있었다!

내가 다시 돌아왔을 때, 두 사람은 변함없이 그 자리에 앉아 있었다. 털모자로 인해 얼굴에 그늘이 생겼지만 할아버지의 눈에는 파란 물이 비쳤고 그의 볼 위로 눈물이 끊임없이 흘러내렸다. 할아버지는 눈물을 닦으려고 애쓰지도 않았다. 눈물이 흘렀다는 걸 감지하지도 못하는 것 같았다. 첼로를 담은 케이스를 팔로 움켜쥐고 있었다. 할아버지는 이번 여행에 첼로는 반드시 가져가야 한다고 고집을 굽히지 않았다.

"무슨 일이야?" 내가 물었다.

"뭐가?" 할아버지는 꿈을 꾸고 있었던 것처럼 말했다.

"왜 우냐구요?"

"메!" 할아버지는 그렇게 말하며 내 코를 꼬집었다. "비애와 기쁨, 두 가지 때문이겠지. 나는 너무 늙고 또 미쳤기 때문일 것이고. 다른 이유가 있겠냐? 이렇듯 아름다운 광경을 보고 우리가 우는 일 말고 다른 할 게 있겠어? 응?"

할아버지는 깨끗한 손수건을 꺼내 소리내어 코를 풀었다.

"이런 여행은 정말 오랫만에 하는구나. 카타리나 없이 여행하는 건 처음이고. 아마 그 때문일 거야. 너희 할머니에 대한 그리움 때문! 그래, 사랑 때문이겠지. 이제 이해하겠지, 너도?"

그랬다, 할머니가 항상 계셨다. 작고, 뚱뚱하고, 커다란 얼굴이었지만 늘 친절하고 웃음이 많았던 할머니. 그리고 파리에서 유행하는 모자를 쓰고는 했었지. 할아버지가 벌컥 화를 내면, 할머니는 할아버지의 얼굴에 대고 바람을 훅 불고는 했다.

스톡홀름 뫼야 섬에 있는 할아버지 집으로 떠나던 여행은 카타리나 할머니의 죽음으로 중단되었다. 그때부터 여름이 되어도 그다지 재미가 없었고, 할아버지는 자신의 얼굴에 바람을 불어줄 사람이 있을 때처럼 그렇게 화를 내거나 기뻐하지 않았다.

"나는 이 여행을 꼭 한 번 더 해야만 했어, 메뚜기야! 그런데 지금까지 용기를 낼 수 없었을 뿐이지."

할아버지는 정말 큰소리로 숨을 가쁘게 내쉬는 바람에, 주변 사람들이 우리를 쳐다보았다. 꽃무늬 옷을 입은 중년 여성이 우리에게 다가왔다.

"몸이 많이 불편하세요? 약이라도 드시겠어요?" 그녀가 물었다.

그녀는 마치 방울뱀이 약통 앞에서 달그락거리듯 손가방을 헤집기 시작했다.

"나는 원하는 만큼 울거요, 이 감정이라고는 없는 멍청이 같으니라구! 이제 이해하겠소?" 할아버지는 소리를 지르며 지팡이를 위협적으로 흔들었다.

그 여자는 깜짝 놀라서 뒤로 물러났다.

그때 나는 할아버지의 얼굴에 바람을 훅 불어주었다.

처음에는 매우 놀랐지만 할아버지는 이내 밝아졌다.

"요녀석, 작은 여우 같으니!" 할아버지는 내 볼을 다정하게 쓰다듬었다.

독특한 집은 변하지 않고 높은 바위 위에 있었다. 흰색으로 페인트칠이 되어 있고, 탑과 같은 건물이라 웅장했지만, 지붕난간과 할머니가 우리에게 항상 손을 흔들어주었던 발코니도 그대로였다. 집까지 가려면 빙빙 돌아서 가야만 했다. 정원에 있는 문에는 황동으로 이런 글씨가 박혀 있었다. '펠릭스 크놀의 집' 펠릭스 크놀은 우리 할아버지의 아버지였다. 그가 바로 이 집을 지은 분이었다.

우리가 휠체어를 밀고서 황폐해진 오리나무 가로수 길을 지나가자, 집이 가까이에서 보였다. 왼쪽에 부서진 판자다리가 있었는데, 얼음이 이 다리를 부셔버렸다. 물론 오래전 일이었지만.

우리가 거기에 섰을 때, 백조 한 마리가 만을 넘어서 수상 스키처럼 발을 약간 구부려 우리에게 날아왔다. 백조는 날개를 활짝 폈고 몸통은 꼿꼿했으며 목은 앞으로 내밀었다. 녀석은 착륙할 때 마치 오르간처럼 소리가 울려퍼졌다. 이 백조는 예전에 한 번 봤던 기억이 났다.

"힘들게 집까지 올라가지 말고 길에서만 돌아다니는 게 어떨까?" 어머니가 제안했다. 휠체어를 끌어올리는 것은 거의 불가능해 보였다.

"안 된다." 할아버지가 말했다. "웃을지도 모르지만, 나는 차라리 내 발로 올라가겠다."

할아버지는 가파른 길을 올라가기 위해 이를 악 물었다. 태양이 하늘 높은 곳에 있는 갈매기들 사이로 움직이는 동안, 할아버지의 얼굴에서 땀이 강물처럼 흘러내렸고 숨소리는 점점 더 거칠어졌다. 마침내 모자를 쓰고 손에는 지팡이를 든 채 그리고 후들거리는 다리로 집 앞에 서게 되었다.

"드디어 도착했소." 할아버지는 우리가 볼 수 없는 누군가와 얘기를 하듯 말했다.

우리는 아무 말 없이 집을 둘러보았다. 모든 것이 5년 전 할머니가 돌아가시고 할아버지가 문을 잠그고 떠났을 때와 변함이 없었다. 할아버지는 할머니를 싣고 갔던 헬리콥터를 타고 집을 떠나서는 결코 돌아가지 않았다. 마치 슬픔을 집에 감금해둘 수 있기나 할 것처럼.

거미들은 창문에 자신들의 거미줄을 거창하게 쳐두었고, 할머니가 생전에 가꾸기를 좋아했던 꽃들은 화분에서 마른 잎사귀만을 드러내놓고 있었다. 식탁 위에는 수프를 담은 사발이 하나 있었고, 수프에서 나온 증기가 희미한 먼지로 굳어 있었다. 두 사람을 위한 식사가 준비되어 있었다. 크리스털 잔에 담겨 있던 포도주는 모두 증발해버리고 빨간색 진주 알갱이 같은 것만이 잔 바닥에 남아 있었다. 할머니가 쓰던 파리식 모자는 식탁 의자 가운데 사자머리가 새겨진 의자에 걸려 있었다. 그리고 할머니의 신발은 서두르는 바람에 벗겨져서 소파 밑에 뒤집혀 있었고, 바람이 불어서 해변가로 날아간 두 개의 보트처럼 보였다.

구석에 둔 대형 탁상시계는 멈춘 상태였다.

할아버지는 찬장 선반에 있는 작은 핸들을 집어서 시계의 태엽을 감았다. 그러자 시계는 무미건조한 탄식 비슷한 소리를 내더니 다시 가기 시작했다.

할아버지는 천천히 방을 둘러보았고 손으로 사물들을 만지며 기억을 더듬었다. 그는 장식용 커버와 식탁보를 팽팽하게 당겼고, 바닥에서 머리핀을 하나 주웠으며, 손에 아주 작은 물건을 쥐고 서 있기도 했고, 책상에 펼쳐진 채 있는 책을 덮었고, 의자는 제대로 밀어넣었다. 그리고 문틀의 색깔이 벗겨졌고 양탄자도 중간에 축축해진 부분이 있다는 것을 발견했다.

그러고 나서 할아버지는 다시 소파 앞에 멈추었다.

소파의 팔걸이 옆에 수를 놓은 쿠션이 있었다. 쿠션은 구겨져 있었고, 마치 누군가가 얼마 전에 베고 누워 있었던 것처럼 가운데가 푹 파여 있었다.

할아버지는 몸을 숙여서 얼굴을 쿠션에 묻었다.

"여전히 네 어머니의 냄새를 맡을 수가 있구나."

그러고 나서 할아버지는 첼로를 무릎에 끼우고 부엌에 있는 의자 하나를 당겨 가장 가장자리에 앉았다. 가볍게 부는 저녁 바람이 할아버지의 하얀 코밑 수염을 간지럽혔다. 태양은 만(灣)과 우리가 앉아 있는 바위 위에 걸려 있는 저녁 하늘의 가스 램프처럼 부드럽게 빛이 났다.

할아버지는 천천히 첼로에 활을 얹었다. 그는 내가 어릴 때부터 늘 연주했던 곡 가운데 하나를 연주했다. 바흐의 〈첼로와 피아노를 위한 소나타 2번〉이었다. 물론 피아노가 빠졌다. 원래는 할머니가 피아노를 연주했다. 이제는 할머니의 피아노가 아니라 고요함이, 갈매기의 울음소리가, 오리들의 구구거리는 소리와 물결소리가 대신했다. 할아버지는 눈을 감은 채 연주를 했고, 첼로소리는 내려갔다가, 중얼거리다가 쾅쾅 울리다가, 사납다가 부드러워졌고, 나는 이 소리에서 할아버지의 목소리를 들을 수 있었다. 이 소리는 할아버지의 그리움과 비애를 얘기했고, 그리고 여기 이 돌과 노간주나무, 유럽소나무, 새들, 밝은 하늘과 검은 대지에 대한 할아버지의 사랑을 얘기했다.

어머니는 할아버지 곁에 앉아서 할머니의 파리식 모자를 쓰고 있었다. 무슨 생각을 하는지 나는 알 수 없었다. 하지만 어머니는 내 손을 잡았고 나는 어머니의 어깨에 기댔다. 음악소리가 구슬프게 울려퍼지는 동안, 나는 점점 더 어머니의 곁으로 다가갔다. 우리가 서로 싸우지 않고 그렇게 나란히 앉아 있었던 것은 이미 오래전이었다. 그사이 나는 이런 친밀함을 그리워했지만, 이런 게 다시 가능하게 될지는 몰랐다. 나는 내 힘으로 계략가가 되어보려고 어머니와 거리를 두기 시작했다. 어머니는 너무나 강렬하게 빛이 나는 바람에, 나는 마치 태양이 뜨면 별들이 사라지듯 거의 사라져버릴 뻔했다. 갑자기 나는 할아버지 옆에 할머니가 서 있는 게 보였다. 할머니는 튼튼한 다리와 넓은

발 그리고 현명한 눈으로 할아버지보다 더 실제로 살아 있는 사람 같아 보였다. 할머니는 할아버지의 대머리를 동그란 손으로 어루만졌다. 그리고 할아버지는 첼로를 연주하면서 만족스러운 미소를 지어 보였다. 그러자 할머니는 자신이 왔던 바로 그 음악 속으로 다시 사라져버렸다.

그런 사랑은 아직도 가능했던 것일까? 나는 어머니와, 맨발로 혹은 소리가 나는 구두를 신고 우리 집 거실에 왔다가 다시 가버린 남자들을 생각해보았다. 어쩌면 영원한 사랑이란 사라져버렸는지도 몰랐다. 마치 매머드, 가스등 그리고 나팔이 달린 축음기처럼? 그리고 첼로가 다시 흐느끼고 웃을 동안에, 카티와 아이작이 내 앞에 나타났다. 두 사람을 보자 나는 어떤 느낌이었을까? 나는 카티의 노란 눈과 아이작의 파란 눈을 보았고, 노랗고 파란 눈은 어머니와 할아버지의 눈과 비슷했다. 두 사람은 나에게 무엇을 원하는 것일까? 나는 그들에게서 무엇을 원할까?

어두운 악기에서 천상의 웃음이 철철 흘러나왔다.

그리고는 음악이 끝났다.

마지막 소리는 민들레씨가 히드(식물=에리카속의 야생식물) 위를 날아가듯 가볍게 날아서, 하늘로 올라가기 위해 물로 떨어졌다. 할아버지는 한동안 반짝이는 눈으로 활을 든 채 아무 말 없이 앉아 있었다. 그는 힘들게 연주를 한 뒤라 그런지 매우 피곤해 보였다. 잠시 후 할아버지는 첼로를 번쩍 들더니 바위에 던져 때려 부수었다.

"이제 연주할 게 없다." 할아버지는 희미한 미소를 지으며 말했다.

우리는 벽난로에 불을 피웠다. 그러고 나서 어머니와 나는 자러 갔다. 하지만 할아버지는 창가에 앉아 있었다. 나는 시계가 새벽 한 시를 알릴 때까지 할아버지가 집안을 이리저리 돌아다니고, 서랍과 장을 열어보는 소리를 들었다. 날이 밝자 할아버지는 나에게 꽃무늬가 그려진 비단옷을 침대에 올려놓았다.

"난 네가 이걸 가졌으면 좋겠구나. 이 옷은 네 할머니가 나를 처음 만났을 때 입었던 옷이란다."

다음 날 우리는 아침 일찍 집으로 출발했다. 할아버지는 집을 청소하고 환기도 시켰다. 그는 준비가 다 된 상태였다.

배를 타려고 내려갈 때 할아버지는 휠체어를 타지 않겠다고 거부하지 않았다. 그는 거대한 사모바르(러시아 전래의 특이한 주전자로 구리, 은, 주석 등으로 만드는데, 주전자 중앙에 상하로 통하는 관이 있어 그 속에 숯불을 넣어 물을 끓인다.─옮긴이)를 반짝이는 굴뚝처럼 무릎 위에 올려놓았다. 이걸 또 가지고 가겠노라고 고

집하셨기 때문이다. 사모바르에 숯불을 넣어서 물을 데우고 싶은 심정이었다. 왜냐하면 다시 추워지기 시작했기에.

　나는 얼어죽을 것 같았다.

11

카티가 연 파티에 참석하고, 군나르의 신발을 신고 비틀거리고,
따귀를 맞고 내가 사랑에 빠진 소년에게 도전하는……

나는 늦게 도착했다. 처음에는 그냥 파티에 가는 걸 포기할 생각이었는데 아마 그랬다면 더 나았을지 모르겠다. 하지만 나는 군나르의 옷장에서 신사인 체하는 셔츠와 검정색 구두를 슬쩍해서 차려입고는 출발했다. 셔츠는 흰색이었으나 희미한 파란색 줄이 있었다. 추위로 인해 나는 비틀거렸고 거의 얼어죽을 것 같았다. 물에서 휘이잉 소리를 내며 불어오는 바람은 가히 얼음과 다를 바가 없었다. 얼음 바람은 내 목과 셔츠의 옷깃 사이를 통해 들어와서 나를 미쉘린 남자인형처럼 부풀렸다. 트럭

운전기사들이 흔히 미쉘린 인형을 차에 부착해서 다니고는 한다. 내가 도착했을 때 파티 분위기는 점점 무르익어 갔다.

아바의 아그네사 펠트스코그가 〈뜨거워지고 있어요(The Heat is on)〉를 크게 불렀지만, 나는 여전히 엄청 추웠다. 파티장에는 내 나이 또래의 아이들이 북적거렸다. 한 손에는 콜라를 다른 손에는 치즈버거를 쥐고서 나는 뒤뚱거리며 거대한 거실의 커다란 창이 있는 곳으로 향했다. 정원에 있는 풀장은 마치 수족관처럼 빛이 났다. 여기보다 훨씬 밑에 있는 호수는 조명도 없이 캄캄하기만 했다.

나는 커튼 뒤에 숨어서, 지나치게 큰 나의 신발을 가능하면 숨기려고 양탄자 밑으로 집어넣어 추위를 달래면서, 다시 도망을 칠까 고민했다. 아직 아무도 나를 발견하지는 못했다. 하지만 뭔가 나를 붙드는 게 있었다.

나는 주변을 둘러보았다. 도대체 나는 무엇을 찾았을까? 아주 잘사는 동네 출신인지 모르겠지만 가느다란 넥타이를 매고 잘난 척하는 무리들이 커다란 유리그릇에 빙 둘러 있었는데, 가만히 보니 그들은 그릇에 담긴 게를 게걸스럽게 먹고 있었다. 그밖에 사람들은 대부분 내가 아는 친구들이었다. 지기, 대니와 슈테판은 파티에 내놓은 음식들, 그러니까 레몬수, 포테이토칩, 스낵과 찍어먹는 소스, 땅콩, 소금을 뿌린 막대기 모양의 과자와 젤리과자를 모두 먹어치울 태세였다. 마치 거대한 치즈처럼 보이는 노란색 폭신한 소파에 버릇없이 앉아 있는 친구는 아마이제와 페르였다. 훨씬 밑에, 양탄자가 깔려 있고 춤을 출 공간이 마련된 곳에 네티와 프리다가 웅크리고 앉아 있었다. 펩시는 세워놓는 전등의 나사를 풀어서 다시 조립하느라 정신이 없었다.

그러고 나서 나는 그녀를 발견했다.

카티는 그의 목에 팔을 감고 있었다. 나는 그의 밝고도 푸른색의 눈을 볼 수 있었다. 하지만 그는 나를 보지 않았다. 그는 하얗게 분칠을 한 카티의 얼굴과 검은색으로 눈 주위를 칠한 눈, 반짝이는 빨간색 입술 때문에 눈에 띄지 않았다. 카티의 곱슬곱슬한 검은색 머리카락이 그의 얼굴을 대부분 덮고 있었다. 카티를 발견하기 조금 전에 나는 누군가 카티가 있는 쪽에서 나를 바라보는 느낌이 들었다. 하지만 그것은 착각이었던 것 같았다.

그들이 있는 쪽으로 가고 싶지 않았으나, 나는 다가가고 있었다.

두 사람은 아무것도 듣지도 보지도 못하는 것 같았다.

나는 내 머리를 카티의 검은색 곱슬머리 속으로 밀어넣었다.

"혀는 어때, 예쁜이?" 나는 거칠게 물었다.

"혀? 혀는 괜찮아, 아주 조아." 카티가 대답했다.

"그참 잘 되었네." 나는 갑자기 너무 추워서 덜덜 떨릴 지경이었다. "넌 어때?" 나는 아이작을 보며 물었다.

"뭐가?"

"새가 또 필요하다거나 뭐 그런 거?" 나는 경직된 미소를 지었고 갑자기 내 안에서 사악한 마음이 불쑥 솟아나는 걸 느꼈다.

"질투하냐?" 아이작이 조용하게 물었다.

아이작의 침착함이 나를 미치게 만들었다. 마음 같아서는 그도 나처럼 미치게 해주고 싶었다. 하지만 아이작은 벌써 카티에게서 빠져나가 포테이토칩과 스낵을 먹어치우는 무리에게 다가가고 있었다.

질투하냐고? 자신한테?

전혀 내가 아닌 옷차림으로 하고 서 있는 나는 눈가를 검게 칠한 소녀로부터 뜨거운 시선을 받았고, 곁에 있고 싶은 유일한 소년은 과자 부스러기나 집어먹기 위해 사라져버렸다. 이런 걸 두고 코미디라고 하지 않나? 나는 미칠 만큼 웃고 싶었다!

"이제 가자!" 카티는 나를 세게 당겼다. "저번에 하다가 그만둔 거 있지? 이제 그것을 마저 하……."

발에 밟힌 치즈과자가 노란색 무늬처럼 찍혀 있는 양탄자 위로 카티가 나를 끌고 가는 사이, 나는 목을 빼서 잠시 아이작의 더부룩한 머리카락을 본 것 같았다.

목을 그르렁거리며 카티는 나의 귀에 속삭였다.

"머물러, 나는 당신이 여기에 머물렀으면 해…….

결정하라고, 결정.

우리는 오늘 할 수 있을지 몰라…….

예스라고 말해요 제발…….'

이 순간 나는 저주받은 어릿광대 슬리퍼에 걸려 뒤뚱거렸다!

나는 두 팔로 카티를 잡고서 넘어지고 말았다. 내가 신고 있던 신발은 밑으로 떨어지다가 위로 날아갔고, 서로 부딪혀서는 마침내 두 대의 추락하는 전투기 조종사처럼 푹신한 양탄자 위에 꽂혔다.

우리는 잘난 체하는 무리들 사이를 뚫고 게를 담아둔 그릇이 놓여 있던 식탁과 부딪혔다. 게 그릇은 굴러떨어져서 야자나무가 있는 화분에 부딪힌 다음 산산조각 나버렸다. 카티와 나는 부드럽게 양탄자 위에 착륙했다. 나는 머리를 박아서 아팠으며, 카티의 몸 위에 올라가 있는 나를 보자 그야말로 현기증을 느꼈다. 나의 팔은 여전히 카티를 꼭 붙들고 있었다.

"아야!" 카티가 말했다. "꼭 이렇게 거칠게 굴어야 해?" 나는 일어서려고 노력했지만, 우리가 넘어지면서 식탁보까지 끌어당겼기에 이 식탁보를 벗겨내려고 노력하자 나는 더욱더 휘말리고 말았다.

카티의 눈은 웃음으로 가득 차 있었지만 나는 거의 눈물이 나려 했다.

"너희들 바닥에서 뭐하는 거야?" 잘난 체하는 녀석들 가운데 하나가 물었다.

카티는 내 볼에 키스를 했다.

"누워 있으면 안 돼, 자기야?" 카티가 나지막한 소리로 말했다.

"안 돼." 내가 거절했다.

마침내 우리는 자리에서 일어났다. 주변에서 다들 히죽거렸다. 나는 화가 난데다 춥기까지 했지만, 그래도 가능하면 미소로 답해주려고 애썼다. 파티는 얼마나 더 오래 계속될까? 카티는 도대체 나랑 무엇을 하려고 했을까?

이 순간 펩시는 저녁 내내 고치고 있던 전등의 성능을 시험했다. 세워놓는 전등은 강렬한 빨간빛을 내기 시작했고, 말끔하게 치워둔 바닥을 번쩍이는 디스코장으로 탈바꿈시켰다.

"이리 와! 우리, 춤춰어!" 카티는 이렇게 말하며 나를 이끌었다.

남자는 어떻게 춤을 추는 거지? 이런 일들은 아마도 누구로부터 들어야만 하는 것이다. 어떻게 움직여야 하는지 말이다. 나는 뻣뻣한 존 트라볼타의 흉내를 내며 모나게 움직였다. 나는 부드러운 발로 이리저리 쏜살같이 움직이는 카티가 부러웠고, 머리카락을 휘날리며 가슴이 출렁대는 것도 부러웠다. 어쩌면 카티는 〈플래시댄스〉에 나오는 제니퍼 빌즈처럼 보이고 싶었는지 몰랐다. 나는 보지 못했지만 카티가 아이작과 함께 본 영화.

만일 내가 소년이었다면, 카티에게 빠졌을 것이라고 나는 생각했다.

만일 내가 소년이었다면, 저녁에 침대에 누워 카티를 생각했을 것이다.

만일 내가 소년이었다면, 나는 이 노란 눈동자를 그리워했을 것이다.

만일 내가 아이작처럼 소년이었다면, 그렇게 생각하자 너무 가슴이 아파서 눈물이 날 것 같았다.

"내 마음에 들어, 파울!" 카티는 나를 번개처럼 지나가면서 노래를 부르듯 말했다. "지금까지 그 누구도 파티 도중에 나를 식탁보로 싸서 바닥에서 포옹하지는 않았거든!"

"그건 착각이야!" 내가 말했다. "모든 건 착각이라구! 듣고 있어? 내 말을 이해할 수 없는 거야?"

"난 아무것도 이해 못 했어." 카티는 미소를 지었다.

"나도 네가 마음에 들어. 하지만 이런 방식은 아냐." 내가 말했다.

"그럼 어떤 방식?" 카티는 내 귀에다 대고 소리를 쳤다.

카티는 군나르의 팽팽한 셔츠를 꼭 누르며, 내가 말한 모든 것이 일종의 놀이라고 믿는 것 같았다.

"나는 그냥 너랑 같이 있을 수가 없어!" 나는 마치 내 위장 속에 얼음 덩어리를 느끼듯 내 목소리를 가능하면 딱딱하게 하려고 노력했다.

우리는 여전히 딱 붙어 있었지만 자리에서 조용히 멈췄다.

"네 잘못이 아냐. 아마 나의 뭔가가 비정상적인 것 같아." 내가 말했다.

"그게 뭔데?" 카티는 마치 자신이 탁월한 간호사라도 되듯 부드럽게 물었다.

"나는 너한테 완전히 반하지는 않았거든." 나는 일을 마무리 짓기 위해서 말했다.

"뭐? 넌 당연히 나한테 반했어." 카티는 확신에 찬 목소리였다.

"그렇지 않아. 너한테 맹세할 수 있어." 나는 안쓰럽게 말했다.

"그럼 키스는? 식탁보는? 그리고 …… 이 모든 것은?"

"이 모든 것은 실수로 일어난 거야." 내가 말했다.

"미친놈!"

카티는 나에게 따귀를 한 대 때렸다. 그런 뒤에 웃으면서 붉은 빛을 받으며 춤을 추는 사람들 한가운데에 나를 세워두었다.

늦어도 이 시점에서 내가 집으로 돌아갔으면 좋았을텐데. 차라리 파티장에 오지 않았다면 더 나았을테고. 하지만 멍청하게도 이곳에 왔으니, 이제는 자리를 떠나야만 했다.

파티장에 남아 있는 시간은 그야말로 불행 그 자체였다.

나는 주변을 돌아다녔고, 카티의 병들고 슬픈 눈이 나를 쫓아다니는 것 같은 느낌이 들었지만, 그러는 가운데 아이작을 찾았다. 마이크 소리는 점점 더 커졌다. '쾌락의 하인'이라 불리는 그룹이 모든 것이 얼마나 무미건조한지에 대한 노래를 재미없게 불렀다. 사랑, 삶, 그리고 모든 게. 우리는 이 노래에 맞춰 춤을 추었다. 카티는 아이작과 춤을 추었다. 두 사람 역시 매우 지친 듯 서로 몸을 기댄 채 춤을 췄다.

그리고 나는 안나와 춤을 췄다.

정말 춤을 추고 싶어서가 아니라, 다만 아이작과 카티 곁에 있고 싶었기 때문이다. 나는 두 사람이 하는 말을 엿듣고 싶어서 안나를 그들 뒤로 밀었다. 하지만 나는 아무 말도 들을 수 없었다. 어쩌면 두 사람은 대화를 전혀 하지 않는지도 몰랐다. 서로의 몸을 통해 온기를 주고받기만 하는지도 몰랐다.

나도 몸이 꽁꽁 얼어버릴 듯했다. 안나는 빨갛게 빛나는 안경을 통해 나를 유심히 관찰했다. 그리고 내가 추려고 하는 춤이 도대체 어떤 건지 물었다. 이날을 위해 그녀는 메뚜기로 분장했다. 안나는 슬리핑백처럼 보이는 갈색 옷을 입고 있었다. 그리고 갈색 신발과 갈색 머리카락.

나는 춤을 추는 내내 안나의 발을 밟았다. 내가 원해서가 아니라, 안나가 자신의 발을 자꾸 앞으로 내밀었기 때문이다.

"그만해!" 안나는 아주 큰소리로 고함을 질러서 모두가 우리를 쳐다보았다.

이제 파티에 참석한 사람들은, 내가 안나도 바닥으로 밀려고 했거나 엉뚱한 신체 부위를 꼬집었다고 믿었다! 나는 정말 뭔가 적절하지 않은 행동을 한 사람처럼 귀가 빨개졌다.

"저 꼬맹이는 손버릇이 나쁘군." 잘난 체하는 무리 가운데 한 사람이 내 흥을 보는 소리가 들려왔다.

그래서 나는 춤을 그만두고 구석에 가서 퉁퉁 부어 있었다.

한참 뒤에 정원으로 가는 문이 열렸다. 차가운 바람이 집안으로 몰아쳤다. 웃음소리와 함께 모두들 그릴용 숯과 소시지를 가지고 정원으로 나갔다. 숯은 떨어진 별처럼 그릴판 위에서 빛이 났고, 알코올과 고기 냄새가 났다.

나는 새까맣게 타서 가여워 보이는 소시지를 낚아챘는데, 열기로 인해 터진 소시지 껍질은 지금의 내 처지마냥 비참해보였다.

그때 풀장의 녹색 빛 때문에 아이작과 카티가 나란히 앉아 있는 모습이 드러났다.

두 사람은 차가운 물속에 발을 넣고 첨벙거리며 서로의 눈을 들여다보았다. 왜 나는 이렇듯 비참한 소년 옷을 입고 있지? 이건 옳지가 않아! 마음 같아서는 두 사람을 그냥 풀장으로 밀어 버리고 싶었다. 나는 두 사람을 더 이상 볼 수가 없었다!

"수영하고 싶니?" 지기가 말하는 소리가 들렸다.

"너무 차." 아이작이 말했다.

"용기가 없을 뿐이지!" 나는 모두가 들을 수 있도록 찢어지는 소리로 말했다.

나 스스로도 정말 바보 같은 말로 들렸다. 하지만 내가 다른 무슨 말을 할 수 있었겠는가?

아이작이 나를 올려다보았다.

"도대체 왜 그러냐?" 그가 말했다. "왜 우리 꽁무니만 졸졸 쫓아다녀? 좀 더 나은 걸 하면 안 되냐? 좀 즐기시지!"

"넌 공갈쟁이야." 내가 말했다. "알고 있어? 너는 항상 수영을 잘 한다고 하면서, 물속에 들어가는 것도 겁내잖아. 그러면서 수영을 잘 한다고 주장할 수 있는 거야?"

아이작은 수영단체의 회원이었다. 그의 아버지는 수영 트레이너였다. 아이작은 훗날 멋진 수영선수가 될 수 있으리라고 예언하는 사람들도 몇몇 있었다. 그렇지만 나는 그가 수영하는 것을 한 번도 보지는 못했고, 말만 들었을 뿐이다.

"그만해, 파울!" 아이작이 말했다. "만일 네가 원한다면, 우리 둘이서 뛰어들어보자구. 네 몸을 좀 식히는 게 어때?"

나는 이렇듯 과장된 제안에 자극을 받아 풀장 안으로 풍덩 뛰어들고 싶지는 않았다. 이미 너무 추웠으니까. 하지만 두 사람을 서로 떼어놓을 필요성은 있었다.

"좋지." 내가 말했다. "그렇다면 호수로 하지. 다리까지 갔다가 다시 돌아오는 거 어때?"

"미쳤군." 아이작이 말했다. "진심인 거야?"

"못 믿겠어?"

"쟤 말에는 신경 꺼." 카티가 중간에 끼어들었다. "쟤 오늘 저녁에 좀 이상해. 자기도 그렇게 말했다구."

아이작은 카티의 말을 듣지 않았다. 그도 역시 내기를 하고 싶은 욕구를 느꼈던 것이다.

"오케이!" 그가 말했다. "이런 날씨에는 완전히 미친 짓이지만. 또 한 가지 말해둔다면, 너는 가능성이 전혀 없어."

"그건 두고 보면 알겠지." 내가 말했다. "내가 이기면 카티는 가만히 내버려두는 거야."

카티는 마치 무슨 말인지 전혀 이해하지 못하겠다는 듯 나를 바라보았다.

"좋아." 아이작이 말했다. "만일 내가 이기면, 너는 집에 가서 침대에 누워라!"

다른 친구들은 히죽거리며 외투를 더욱 세게 잡아당겼는데, 바람이 인정사정없이 불어서 추웠기 때문이다.

모든 파티는, 뭔가 일어날지도 모른다는 기대감으로 이루어진, 형태가 없지만 전율하는 덩어리이다. 이제 뭔가 일어나기 시작했다.

모두가 만족했다.

12

머리 위로 물이 흘러넘치고, 힘이 빠질 것 같고,
우리는 침대에 기어들어가서 잠시 낙원을 바라보는……

내 다리를 냉동칸에 집어넣을 수 있을 것 같았다. 시커먼 물속에 잠기자, 나는 서서히 노랗고 흰 피부를 가진 냉동 닭으로 변했다.

아이작은 이미 나를 훨씬 앞섰다. 우아하고도 단련된 자세로 그는 육교에서 호수로 뛰어내렸다. 나는 물에 뛰어들자마자, 귀가 아팠다. 그래서 찡그린 표정으로 얕은 물을 헤엄치지 않고 걸었을 때, 내가 질 거라는 게 뻔했다.

"포기해, 파울!" 물이 내 바지 위까지 올라왔을 때 슈테판이 소리를 질렀다. "우리가 아이작을 부를게. 이런 짓은 너무 유치하다고!"

그의 말이 맞다는 걸 알았다. 하지만 그렇다고 해서 도움이 되지는 않았다. 나는 아이작의 머리가 보이는 방향으로 걸었지만, 그 순간 옆에서 물결이 밀려와 모든 것을 삼켜버렸다. 게다가 바람이 물을 너무 세차게 때리는 탓에 거의 아무것도 볼 수 없을 정도였다.

나 역시 수영을 못 하는 편은 아니었다. 할아버지는 내가 아이였을 때부터 수영을 가르쳐주었으니까. 우리가 더 이상 스톡홀름 뫼야 섬에 가지 않으면서부터, 나는 그야말로 수영을 많이 했다. 어머니는 물을 쳐다보는 것을 좋아했다. 그래서 여름이면 항상 호수나 바다로 갔고, 그곳에서 나는 실컷 수영을 할 수 있었다. 겨울이 되면 나는 부지런히 수영장을 갔다.

하지만 지금은 상황이 전혀 여의치가 않았다. 여름의 바닷가나 호수도 아니었으니 장난이 아니었다.

다리까지는 7백에서 8백 미터가 되었다. 하지만 지금처럼 바람이 불고 어두우면 거리가 무한하게 보였다. 이따금씩 호수물결 사이로 캠핑장소 뒤편에 불이 켜진 창문 몇 개가 보였다.

나는 아이작을 놓쳤다고 생각했다. 그는 마치 보통 때 수영장에서 연습을 하는 것처럼 물마루를 타고 사라져버렸다. 그런데 아이작이 갑자기 내 옆에서 떠올랐다. 머리카락이 머리에 달라붙어서 거의 알아보지도 못할 뻔했다. 그의 얼굴은 어둠 속에서 회청색을 띠고 있었다.

"춥다!" 그가 침을 내뱉었다.

"그래애!" 내가 말했다.

"이쯤해도 충분하지, 안 그래?"

내가 포기할 거라고 믿나? 아니면 계속하기 싫다는? 어쩌면 추위가 아이작의 뼈에서 에너지를 모두 뽑아가버렸나? 그것도 아니면 화해하자는 제안? 나는 뭔지 몰랐다. 살갗이 찢어질 듯한 추위에 나는 생각조차 할 수 없었다.

나는 싫다는 뜻으로 고개를 가로젓고는 그를 따라내려고 애썼다.

"병신!" 아이작이 가쁘게 숨을 쉬며 말했다.

아이작이 미친 듯이 다리를 젓는 바람에 나는 눈을 뜰 수조차 없었다. 그는 다시 나를 제치고는 곧 거품이 이는 물마루 뒤로 사라져버렸다. 나는 또다시 혼자가 되었다.

얼마 전부터 호숫가에서 들려오던 목소리도 더 이상 들리지 않았다. 아이작도 사라졌다. 나는 자신에게 욕을 퍼부었다. 왜 나는 그에게 대답을 하지 않았을까? 왜 나는, 그가 무슨 뜻으로 그런 말을 했는지 물어보지 않았을까? 이 무슨 웃기고 고집스러운 자부심이란 말인가?

갑자기 추위가 나를 파고드는 것 같았다.

수천 개의 바늘로 내 피부를 콕콕 찌르는 듯했다. 팔과 다리가 마비되었다. 마치 수면주사가 효과를 발휘하기 시작하고 느낌이 서서히 사라지는 것 같았다. 내 몸 전체가 졸고 있었고 무거웠고 움직임은 점점 더 뻣뻣하고 느렸다. 나는 얼마나 버틸 수 있을까? 나는 다시 돌아가야 해!

나는 방향을 돌렸으나 이번에는 다른 편에서 물결이 내 얼굴로 몰려왔다. 멀리서 반짝이는 높은 건물이 보였다. 나는 이 건물을 향해서 헤엄을 쳤다. 계속해서 물을 마셨고, 마신 물을 나는 민첩하게 다시 기침으로 토해내야 했다. 휘휘 저어 점액성이 있는 달걀 속에서 수영을 하는 것처럼 앞으로 나아가는 게 점점 더 힘들어졌고 뻣뻣해졌다.

나는 살고 싶다는 생각이 들었다. 이렇듯 끔찍하고 시커먼 죽음의 물속에 가라앉고 싶지 않았다. 나를 더 이상 숨도 쉴 수 없게 하고, 더 이상 움직일 수도 없게 하는 이 물속에 있고 싶지 않았다. 나는 나한테 마지막 힘조차 없는 게 느껴졌다.

그때 나는 뒤에서 고함소리를 들었다.

그다지 먼 곳은 아닌 듯했다.

아이작의 목소리가 분명했다!

자포자기의 심정과 나는 치열하게 싸웠다. 물이 내 얼굴을 때렸다. 죽어라고 용을 쓰자 마침내 내 사지에 온기와 감정이 다시 돌아오기 시작했다.

나는 금세 아이작을 발견할 수 있었다. 그의 머리는 마치 물결에 떠 있는 낚싯줄처럼 흔들거렸다.

"곧 갈게!" 내가 물결을 거스르며 소리를 질렀다. "잠깐만!"

아이작은 내가 자신을 볼 수 있도록 한 손으로 손짓을 했다.

"더 이상 못 하겠어!" 아이작이 소리를 질렀다. "도와줘, 제발, 나를 좀 도와줘!"

아이작은 정말 끔찍해 보였다! 두려움에 절어 있는 얼굴을 보니 나도 겁이 날 정도였다. 세상에, 도대체 내가 무슨 일을 저지른 거지! 만일 그가 지금 물 밑으로 사라지게 된다면, 그것은 모두 내 잘못일 거야! 단지 나를 좋아해주기만을 바라고 있었으니. 그런 바람으로 나는 광기에 가까운, 목숨을 잃을 수 있는 내기를 하자고 요구했다니!

"나한테 힘이 충분히 남아 있는지 모르겠어." 내가 말했다.

나는 겨우 아이작 곁으로 갔다.

"날 떠나면 안 돼! 알겠지?" 아이작이 신음했다.

"절대 안 그렇게! 하지만 제발 좀 조용히 있어. 그렇지 않으면 우리 둘다 가라앉게 되거든!"

나는 두 손 사이에 아이작의 머리를 끼우고, 내가 출발했다고 믿는 방향으로 수영을 하기 시작했다. 물론 확신이 서지는 않았다. 모든 게 조용하고 어둡고 추웠으니까. 나는 방향을 돌릴 수도 뒤를 돌아볼 수도 없었다. 아이작의 차가운 머리가 내 가슴 위에 있었다.

"미안해." 내가 말했다.

어쩌면 아이작에게 한 말일 수도 있지만, 이처럼 잔인한 놀이를 우리와 하고 있는 미친 신에게 하는 말일 수도 있었다. 아니면 어머니나 킬로이한테 한 말일 수도 있었고, 어쨌거나 누군가에게 한 말이었다. 그게 누군지 나는 모르겠다.

갑자기 나는 목소리를 들었다.

구름이 걷히고 달이 물 위에 남겨놓은 은빛 물결에서 나는 노로 젓는 보트가 우리 곁으로 다가오는 걸 보았다.

"여기! 우리 여기 있어!" 내가 고함을 질렀다.

"무슨 일이야?" 아이작이 지친 목소리로 물었다.

그는 내 고함소리에 정신을 차린 것 같았다. "사람들이 와. 우리를 데리러 온다구!"

손전등에서 나온 불빛이 춤을 추면서 우리를 찾고 있었다.

"여기야! 여기 우리가 안 보여?" 내가 다시 소리를 질렀다. 마침내 그들이 우리를 봤다.

"저기 있어!" 이렇게 말하는 목소리가 들려왔다.

아이작은 마치 마취가 풀려서 다시 힘을 회복하는 사람처럼 버둥거리기 시작했다.

"봐! 쟤들에게 이런 꼴을 보여주고 싶지는 않다구. 나 혼자 할 수 있어. 반드시!"

아이작은 적어도 물 위에 떠 있을 수는 있었다. 그는 뻣뻣한 팔로 내 옆에서 뒤로 헤엄을 쳤고, 그사이 보트는 노를 젓는 소리와 함께 우리에게로 왔다.

대니, 지기, 슈테판과 펩시! 창고에 모여서 노는 이 무리는 보트에 몸을 구부리고 앉아 있었고 커다란 눈으로 히죽히죽 웃으며 우리를 빤히 응시했다. 그들은 너무 반가운 나머지 고함을 지르며 배 난간에 기대었고, 하마터면 보트가 뒤집혀서 바보들 모두가 물속에 빠질 뻔했다.

"어때?" 지기가 고함을 질렀다. "너희들이 죽었다는 생각이 들어서 이웃사람에게 보트를 빌려 왔거든!"

"자, 우리가 너희들을 위로 끌어당길 거야!" 슈테판이 소리를 질렀다.

"아니, 누가 누구를 끌어올려?" 내가 대응했다. "우리는 지치지 않았어. 아직 목표한 지점에 도달하지 못했거든!"

그들이 나를 바라보는 시선이 기쁨으로 넘치는 걸 보자 나는 온몸이 따뜻해져왔다. 정말 나는 덜덜 떨면서, 반쯤 아교 덩어리 같은 상태로 배로 끌려가고 싶은 생각이 전혀 없었다. 그리고 우리를 보트 위로 끌어올리려면 친구들은 배에서 무릎을 잘 꿇어야만 했다! 나는 계속 수영을 하면서 가능하면 침착하게 스포츠 정신을 보여주려고 노력했다. 아이작도 용감하게 내 곁을 지켰다. 그의 입술에서 미소가 보였다. 우리 둘은 함께 수영을 했다. 이처럼 치명적인 게임을 끝까지 함께 했던 것이다. 물론 친구들이 우리를 내버려두고 가지는 않으리라는 것을 알고 있었다.

"대단해! 내가 그랬지? 두 사람은 당연히 해낸다고 말이야. 안 그래?" 대니가 의기양양하게 외쳤다. "아이작과 파울은 해낼 수 있어, 내가 말했지!"

"하지만 너희들 이제는 물에서 나와야 해." 지기는 우리의 작은 즐거움을 방해하는 게 미안하다는 듯 말했다. "다른 애들이 지금 완전 흥분상태거든. 경찰하고 구급차 그리고 해양경비대도 부른다고 하고, 여튼 우리가 출발할 때 그렇게 말했으니까, 이 바보 같은 겁쟁이들이 무슨 짓을 할지 모른다구! 그런 생쇼가 벌어지기 전에 서두르자!"

"그렇게 되면 안 되지. 그렇다면 우리는 다음번에 다시 내기를 해야겠군!" 아이작이 끙끙거리며 말했다.

우리 두 사람을 보트 위로 끌어올리는 일은 그렇게 간단하지는 않았다. 모두들 동시에 우리 둘의 팔을 잡아서 필사적으로 끌어올렸으니 할퀴기도 했을 뿐더러, 보트가 뒤집어지지 않은 게 무엇보다 놀라울 따름이었다. 다행스럽게도 카티가 수건과 담요를 보트에 넣어두었고, 우리 옷도 보트에 있었지만 친구들이 우악스럽게 우리를 구출하는 과정에서 완전히 젖어 있었다.

우리는 수건과 담요로 최대한 둘둘 말았다. 펩시는 보트의 방향을 바꾸어 은빛으로 빛나는 길을 따라 노를 저었다. 호숫가 저 멀리에 카티의 집이 있었다. 우리가 다가갔을 때, 나는 창문 뒤에 검은 그림자 여러 개가 움직이는 광경을 봤다. 또 다른 몇몇 친구들은 우리를 보려고 나왔다. 갑자기 나는 그곳으로 돌아가고 싶지가 않았다. 다시는. 그들은 우리를 둘러싸고 여러 가지 질문을 해댈지도 몰랐다. 이런 생각을 하자 견디기 힘들었다. 어쩌면 나는 아주 용감한 사람이라는 걸 흉내내는 데 실패할지도 몰랐다. 몸의 절반은 꽁꽁 얼어붙고, 엉뚱한 내기를 한답시고 결국 덜덜 떠느라 치아가 부딪히는 소리를 들어야 하는 상태로 말이다. 나는 더 이상 나를 속이지 못할 것 같았다.

파티장에 다시 가야 한다는 생각은 아이작에게도 역시 불편했다.

"창고 쪽으로 노를 저어줄래?" 아이작이 제안을 했다. "그러면 우리는 거기에서 집으로 가도록 할게. 다른 친구들한테는 파울이 이겼다고 말해줘. 나보다 일찍 다리를 지나갔다고 말이야. 그런데도 나랑 같이 수영을 하기 위해서 나를 기다렸다고. 카티한테도 그렇게 말해줘."

아이작과 나는 담요를 둘둘 말고서 시선을 교환했다.

나의 위장이 경련을 일으켰다. 너무나 차가운 물을 많이 마셔서 딸꾹질도 했다.

우리는 곧장 집으로 가지 않았다. 그럴 만한 힘도 없었다. 다리가 흐늘흐늘거렸다. 다른 친구들이 즐겁게 보트를 저어 다시 사라졌을 때, 누군가 우리 몸 안에 있는 공기를 모두 빼버리는 것 같았다.

"저기 창고로 들어가서 몸 좀 녹이자." 아이작이 제안을 했다. "나는 지금 얼어서 죽을 거 같거든. 내 위장은 얼음덩어리 같고."

"나도 그래." 나는 딸꾹질을 겨우 억누르며 말했다.

창고는 춥고 불편했다. 나는 뻣뻣해진 손가락으로 따뜻하게 해줄 수 있는 모든 것에 불을 붙였다. 가스등, 알코올 버너 그리고 구석에 있는 난로에도 불을 붙였다. 천천히 난로가 활활 타기 시작했고, 땔감으로 추위가 물러나면서 벽에서 딱딱거리는 소리가 났다.

나는 힘이 너무 빠져서 눈물이 솟구칠 지경이었다. 보트를 타고 오는 동안 우리가 덮고 있었던 수건이며 담요는 완전히 젖어버렸고, 돌돌 말아서 보트에 두었던 옷도 역시 너무 젖어 있어 비틀어서 물기를 짜야 할 정도였다. 우리는 한동안 이 창고에 머물러야 할지도 몰랐다.

우리는 담요와 수건으로 몸을 둘둘 말았고 마지막에는 팬티마저 벗었다. 그러자 열려 있던 난로 뚜껑에서 온기가 전해졌고 불길로 인해 좁은 공간에는 가물거리는 그림자가 생겨났다. 나는 내 몸을 문질러서 따뜻하게 하려는 목적으로 오래된 침대 장식용 커버를 집었다. 그다지 깨끗하지는 않았지만 그래도 젖어 있지는 않았다.

갑자기 아이작이 나를 쳐다보는 것 같았다. 난로에서 나오는 온기처럼 감지할 수 있었다. 그는 나, 그러니까 파울이 아닌 파울라를 보고 있다는 걸 나는 알게 되었다. 하지만 아이작은 아무런 언급을 하지 않았다. 소년들이 입는 팬티를 벗었을 때, 나는 너무 지치고 춥고 몸이 굳어 있어서, 내 비밀이 드러날지도 모른다는 생각을 감히 할 수 없었다. 하지만 이런 것도 중요하지 않았다. 파울은 더 이상 존재하지 않았다. 그는 물에 빠져서 더 이상 떠오르지 않았을 테니까.

나는 아이작에게 몸을 돌렸다. 그는 완전히 마비된 채 나를 바라보았다. 지금 아이작은 수영을 하느라 너무 지친 나머지 뭔가 헛것을 봤다고 믿을 게 분명했다.

"물속에서 잃어버렸어." 나는 히죽거리며 말했다.

"너 완전 돌았구나." 아이작은 힘들게 대꾸했다. "그러면 계속 여자였던 거야?"

아이작도 자신이 한 말이 멍청하게 들렸는지 히죽거렸다.

"내 이름은 파울라야." 내가 말했다.

그런 다음 우리는 옷을 난로 옆에 있는 줄 위에 걸었다. 알코올 버너는 껐다. 그사이 창고는 정말 따뜻해져서 온기는 마치 수면제와 같았다. 우리가 집으로 돌아가기를 원했다 하더라도, 잠이 와서 그렇게 하지는 못했을 것이다.

나는 그냥 자리에 드러누워버렸다. 아이작도 마찬가지였다. 그는 처음에는 머뭇거렸지만 당황한 채로 내 옆에 누웠다. 우리가 누운 야전 침대는 노를 젓는 보트마냥 삐거덕거렸다.

나란히 누워 있으니 정말 느낌이 이상했다. 내 피부가 그의 피부와 맞닿는 곳은 불에 덴듯 뜨거웠다.

"어쨌거나 아직도 나는 뭐가 뭔지 모르겠어." 아이작이 중얼거렸다.

나는 점점 마르고 있는 그의 머리카락을 쓰다듬었다.

"스컹크!" 내가 쿠션에다 대고 속삭였다.

"비비원숭이 엉덩이!" 아이작이 번개처럼 빨리 대꾸했다.

"코뿔소!"

"두꺼비 방귀!" 그는 웃으면서 말을 하고 나를 안았다.

나는 아이작과 딱 붙어 있었다. 그에게 좋아한다는 말을 하려고 했지만, 기다려야만 했다. 말하는 중간에 딸꾹질이 나올 것 같았기 때문이다. 그래서 우리는 누워서 기다렸고 함께 기다리는 시간을 즐겼으며, 그러는 사이 난로의 가장자리에서는 요란한 소리가 났고, 석유램프는 조용하게 탔고 벽에서도 소리가 났다.

곧 날이 밝을 것 같았다.

13

원했던 키스를 몇 번 하고, 나는 소년이 입는 옷을 벗고,
담임은 벌어진 입을 다물지 못하고 계단에서 괴물을 기다리는……

"싫어, 싫다고!" 내가 신음을 했다.

그는 내 위에서 몸을 숙이고 주근깨가 있는 팔로 아직 자라지 않은 내 왼쪽 가슴과 오른쪽 가슴을 받치고서 내 얼굴 가까이에 자신의 얼굴을 갖다 댔다.

"조용히 해. 그런데 왜 싫어?" 그가 말했다.

"그냥 싫다고." 나는 반항적으로 말했다.

파리와 모기가 짓이겨진 창틀의 불규칙한 무늬를 통해 아침 햇살이 창고 안으로 들어왔고, 그을음, 먼지와 멀리 떨어져 있는

곳에서 나오는 담배연기가 빙빙 회전하는 구름처럼 뚫고 들어와서는 나무벽을 낭만적인 분홍색으로 물들였다. 심지어 아이작의 얼굴도 분홍색이었다.

"제발……." 그가 부탁을 했다.

"지금은 싫어." 내가 말했다. "지금은 싫다구."

나는 정말 일어서기가 싫었다. 아직 잠도 깨지 않았고 차가운 아침 공기가 나에게는 그다지 반갑지 않았다. 난로는 꺼졌다. 나는 그래서 조금만 더 누워 있고 싶었다. 배는 아이작의 등에 대고 다리들은 엉켜서 이불로 사용했던 침대 장식용 커버 밑에 넣은 채로 말이다. 나는 아이작의 덥수룩한 빨간 머리카락을 덥썩 잡아서 다시 침대로 끌어당겼다. 그가 내 옆으로 넘어지자 나는 잽싸게 내 코를 그의 겨드랑이에 들이밀었다. 예전에 킬로이에게 하던 버릇이었다.

"난 네가 좋아." 내가 말했다.

작은 구덩이에 머리를 묻는 새처럼 나는 그렇게 고백할 수 있었다. 그를 쳐다볼 엄두는 나지 않았다.

"그만해! 간지럽잖아!" 아이작은 키득거리며 이리저리 몸을 흔들었고, 그러는 바람에 우리가 덮고 있던 냄새 나는 침대 장식용 커버가 그만 바닥으로 떨어졌다.

그러자 아이작이 조용해졌다. 그의 손이 내 배 위에 있었다.

배 위에서 그의 손은 마치 발가벗은 동물처럼 가만히 있었다. 나는 조심스럽게 그의 머리를 쓰다듬었는데, 나를 혼자 내버려 두고 그가 여기에서 나갈지도 모른다는 두려움이 너무 강렬했다. 밤 동안에 아이작은 물소리, 추위와 피로로 인해 내가 실제로 여자라는 사실에 익숙해질 기회도 없었다. 어쩌면 아이작은 어제 펩시와 친구들이 보트를 타고 우리를 구하러 오기 전에, 내가 그를 구해주었기에 이런 놀이에도 화를 내지 않을 수도 있었다. 감사하는 마음에서?

"원치 않으면 가도 좋아." 내가 말했다. "널 붙잡지는 않을 테니까."

나는 그의 팔을 꼭 잡고 있었다.

"그렇다면 놓아줘." 아이작이 말했다.

나는 순간 한 대 맞은 것처럼 아이작의 팔을 놓아주었다.

하지만 그는 내가 믿었던 것과 달리 사라지지 않았고, 두 손으로 내 얼굴을 잡더니 아주 조심스럽게 입을 맞추었다. 약간 엄숙하게, 그러니까 내 코 끝에 해주었다.

"바보야!" 아이작이 말했다. "그것도 모르고 너를 좋아한다고 믿을 뻔했어. 그래서 얼마나 혼란스러웠는지 아냐?"

"나도 그래." 내가 말했다. 그러고 나서 우리는 제대로 키스를 했다. 물이 호숫가에 철썩이는 소리, 실컷 잠을 자고 덤불에서 지저귀는 몇 마리의 새들, 인내심도 없이 관자놀이를 콕콕 찌르는 내 피 외에는 아무 소리도 들리지 않았다. 나는 아이작의 가슴 위에 머리를 얹고 벌거벗은 몸을 쭉 훑어 쫙 벌어진 발가락까지 보았다. 그는 창피해하면서 몸을 돌렸다.

"이제 집으로 돌아가야 해. 분명 애들은 우리가 어디 있었는지 물을텐데." 그가 약간 당황한 얼굴로 말했다.

벌써 시간이 그렇게 가버리다니, 나는 미처 그런 생각조차 하지 못했다!

나는 가능하면 빨리 집으로 가서, 수업이 시작하기 전에 옷도 갈아입어야 했다.

우리는 반쯤 마른 옷을 재빨리 입고, 창고 문을 닫은 다음 집으로 갔다. 어떤 말도 하지 않고 나란히 걸었지만 손은 꼭 붙잡았다. 어제의 탐험 덕분에 온몸이 아팠다. 지금 이른 아침의 태양으로 인해 물결이 일고 있는 이 빛나는 호수를 보는 사람은, 몇 시간 전만 하더라도 이 호수에는 안개가 피어오르고, 시커멓고 얼음처럼 차가우며 분노한 물로 가득했다는 것을 상상조차할 수 없을 것이다. 호수는 밤이 지나면서 나처럼 변신했으니까.

구름 한 점의 흔적조차 찾아볼 수 없는 그런 하늘이었다. 모든 구름은 팔락거리는 악마의 날개처럼 사라지고 없었다. 공기는 여전히 서늘했고, 한두 시간 후면 더 따뜻해질지도 몰랐다.

마침내 따뜻해지겠지, 추운 회색의 봄이 지나 마침내. 나는 꽃과 나무들 그리고 모든 식물과 같이 느껴졌다. 줄기와 꽃봉오리를 피워 올리려고 준비하고, 수천 마리의 녹색 나비처럼 잎사귀들을 지상 위에 활짝 피우고, 흰색, 노란색과 푸른색의 꽃을 피울 준비를 하는 꽃과 나무와 모든 식물처럼 여겨졌던 것이다. 호숫가에 박아둔 돌조차 생명으로 가득 차 있었다.

　쓰레기장으로 올라가는 길에 도착했을 때, 우리는 헤어졌다.

　"나중에 학교에서 봐. 난 옷만 갈아입으면 되거든." 내가 말했다.

　내가 길을 따라 바람처럼 달렸을 때, 이미 여덟 시 몇 분이 되었다. 자동차 타이어들이 찢어지는 소리를 냈고 자전거 체인을 보호하는 철판에서 딸랑거리는 소리가 났다. 어머니가 오래전부터 타는 자전거는 분홍색과 흰색 그리고 금색으로 칠해져 있었다. 이 자전거는 내 옷이랑 찰떡궁합이었다.

　나는 내 옷이 보관되어 있는 계단 밑 옷장에서 오랫동안 미친듯이 옷을 골랐다. 그야말로 내 옷장은 난장판 그 자체였다. 우리가 이사를 온 다음 옷상자를 제대로 풀어서 정리할 시간조차 없었다. 게다가 남학생으로 연기를 하고 있었기에 굳이 여학생이었을 때 입었던 블라우스나 재킷을 분류하고 정리할 필요도 거의 없었다.

마침내 나는 분홍색 미니 스커트를 입기로 결정했는데, 이 옷에 달려 있는 플라스틱 단추는 작은 딸기처럼 보였다. 여기에 내 생일에 할머니와 할아버지로부터 받은 금빛 십자가 목걸이를 했다. 사실 오늘 나는 일종의 부활을 한다고 볼 수도 있었다. 여기에 뾰족한 흰색 구두를 신었다. 그 밖에 나는 어머니가 사용하는 향수를 한두 방울 뿌렸고, 립스틱도 칠했다. 분홍색 립스틱은 옷과도 어울렸고, 속눈썹은 까맣게 칠했다.

이것으로 충분해야만 했다. 나중에 거울을 들여다보았을 때 나는 자신을 거의 알아보지 못했다. 그사이 나는 남학생 차림에 너무 익숙해져서, 심술궂게 히죽거리는 가죽옷이 나의 자아가 되어 있었기 때문이다.

그래서 지금 나는, 이번에는 여학생이 되는 것이지만 새로 변장을 하는 것 같은 느낌이 들었다. 그런데 금방 감은 머리카락에, 신선한 미소와 짙은 속눈썹을 한 채 거울에서 나를 들여다보는 소녀는 나 자신에게도 너무나 비현실적이었고, 내 어머니가 그림을 그려서 보내는 잡지에 나오는 모델처럼 예뻤다.

그런 뒤에 나는 어머니와 군나르를 안심시켜야만 했다. 지난밤에 내가 집에 없었다는 사실은 그들에게 상당히 큰 충격을 주었고, 내가 아이작이라는 소년과 함께 보트를 보관하던 창고에서 밤을 지샜다고 설명한다면 그것은 더 큰 충격을 안겨주게 되었을 것이다. 모든 것은 타이밍이 있는 법이었다.

내가 학교 운동장에 도착하여 꾸벅꾸벅 조는 오리들 사이를 비집고 자전거 주차대에 자전거를 세워두었을 때는 이미 다른 아이들은 오래전에 건물 안으로 사라지고 난 다음이었다.

나는 조용하고도 조심스럽게 교실문을 열었다.

담임은 칠판을 향해 있어서 아무것도 보지 못했다. 교탁 곁에 안나가 서 있었다. 그녀는 왼손으로 커다란 병조림용 잔을 들고 있었고, 그 안에 마른 가지가 몇 개 들어 있었다. 안나는 어린아이 같은 큰 글씨로 칠판에 '막대메뚜기'라고 썼다. 다시 말해 안나가 자신이 기르는 귀여운 동물에 관해 발표를 하는 도중 예기치 않게 내가 교실에 등장했다는 말씀!

안나는 지루한 발표를 작은 목소리로 계속 이어갔다. 한 손으로는 무거운 잔을 들고 다른 손으로, 자신이 말하고 싶은 내용을 기록해둔 공책을 신경질적으로 넘기고 있었다. 그녀 역시 아무것도 알아차리지 못했다.

나는 어떻게 해야 할지 몰랐다. 그냥 들어가서 아무 말 없이 내 자리(자세하게 말하면 파울의 자리)에 앉아? 아니면 헛기침이라도 해서 담임이 뒤를 돌아보게 만들어? 그것도 아니면 누군가 나를 발견하고 담임에게 말해서 담임이 나를 볼 때까지 기다리나?

나는 결정할 수 없었다.

나는 아이작이 앉아 있는 방향으로 가볍게 눈을 깜빡거렸다. 그도 나를 봤다는 표시로 얼굴을 찡긋했다.

"많은 막대메뚜기들은," 안나가 낭독을 했다. "혹은 대벌레목이라 불리는데, 이것은 클 경우 3미터나 된다고 합니다. 하지만 제가 키우는 이 메뚜기는 비교적 작아요. 바짝 마른 가지처럼 보이는 경우도 있고, 또 부러진 가지와 닮은 경우도 있는데, 이때 긴 다리는 가느다란 가지처럼 보인답니다. 막대메뚜기는 곤충들에게 잡아 먹히지 않으려고 변장을 하죠. 많은 종들은 또한 자신을 보호하기 위해서 악취선을 소유하고 있는데, 여기에는 타는 듯한 액체가 분비되고……."

잔 속에 들어 있는 이 생명체는 보이는 것과는 전혀 달랐다!

담임의 등을 보니, 냄새를 풍기는 타는 듯한 액체를 언제라도 발사할 수 있는, 거미같이 생긴 얇은 나뭇가지에 대한 생각으로 몸서리를 치고 있는 게 느껴졌다.

나는 조심스럽게 헛기침을 했다.

담임이 몸을 돌려서 궁금한 표정으로 나를 보았다.

"너, 우리 교실에서 뭘하는 거지?" 담임이 물었다.

"저예요." 내가 말했다. "접니다, 그냥."

담임은 마치 내가 막대메뚜기 중 하나인 것처럼 뚫어지게 쳐다보았고, 그러더니 안경 뒤에 있는 두 눈이 번쩍였다. 그녀가 나를 알아봤던 것이다!

"파울!" 담임이 소리를 질렀다.

"네." 내가 말했다. "파울라가 좋겠네요."

"뭐라고?" 담임이 숨을 헐떡였다.

"파울라요. 저는 남자가 아니라 여자거든요." 내가 반복했다.

담임은 어찌할 바를 모르는 것 같았다. 얼굴이 점점 붉어지기 시작했다. 다른 친구들도 도대체 무슨 영문인지 모르는 듯했다. 그들은 불안하게 히죽거릴 뿐이었다. 어쩌면 그들은 내가 또다시 장난을 치거나, 개그를 보여주는 거라고 생각하는 듯했다.

"이제 충분하구나." 담임이 목소리를 가다듬고 말했다. "이제 그만해! 그런 유치한 짓 말이야. 이해하겠어?"

약속을 하기에 매우 어려운 말이었다.

"하지만 이건 장난이 아니거든요. 죄송해요, 이건 진실이라구요." 내가 말했다.

"당장 집으로 가서 옷을 제대로 입고, 화장을 모두 지우고 와! 네가 끊임없이 일으키는 말썽, 이제 점점 지겹구나. 내 말 이해하겠니, 파울?"

그사이 담임 얼굴에 맴돌았던 붉은 기운은 사라졌고, 대신에 병적인 회색과 노란색이 자리를 잡았으며 목소리는 점점 날카로워졌다.

"파울라입니다." 내가 수정을 했다.

안나는 큰 잔에서 메뚜기를 꺼내 손에 잡았다.

곤충은 천천히 안나의 팔을 따라 올라갔다.

"계속해도 될까요?" 안나가 물었다.

"안 돼!" 담임이 소리를 꽥 질렀다.

안나는 누군가 자신에게 고함을 지르는 데 익숙하지 않았다. 그래서 소리에 너무 놀라서 움찔하는 바람에 작은 곤충인 메뚜기는 그만 균형을 잃고 네티의 손에 떨어졌다. 네티 역시 준비된 상태가 아니었다. 다른 아이들처럼 네티도, 담임과 나 사이에 벌어지는 광경에 집중해 있었고, 그래서 그녀 역시 깜짝 놀라 몸을 움츠렸다. 네티의 소리 때문에 메뚜기는 책상을 비스듬하게 따라가서 담임의 풍성한 머리카락 어딘가에 착륙을 했다.

담임은 벙어리가 되었다. 그녀는 메뚜기처럼 경직되어버렸다. 안나의 애완 곤충 메뚜기는 담임이 꽂아둔 특이한 핀이라도 되듯 곱슬머리에 앉아 있었고, 거미 같은 다리는 담임의 두피에 딱 고정시키고 있었다. 메뚜기는 언제라도 악취를 풍기는 액체를 이용할 수 있었다. 담임은 마치 머리 위에 전갈이 있는 것 같은 표정을 짓고 있었다.

어머니는 거미를 매우 무서워했지만, 나는 곤충을 무서워해 본 적이 한 번도 없었다. 그래서 나는 앞으로 나가 담임의 머리에서 메뚜기를 떼어냈다. 그리고는 그 메뚜기를 안나가 교탁에 세워둔 잔에 다시 넣었다.

"정말 죄송해요." 나는 담임에게 말했다. "매번 그런 일들이 일어났지만, 제가 원하지는 않았거든요. 그냥 제가 개입하지 않고도 사건이 생기는 듯한 느낌. 저를 이해하시겠어요? 그런데 이제는 그렇게 내버려두고 싶지는 않아요. 이제 다시 제 힘으로 가고 싶답니다. 그래요, 저는 여학생이 확실해요."

담임은 너무 혼이 나간 것 같아서, 하는 수 없이 담임의 뺨을 쓰다듬었다.

"제발 저 때문에 화를 내지는 마세요. 지금부터는 모든 것이 더 좋아질 테니까요!" 내가 속삭이듯 말했다.

나는 마치 어린아이를 달래주는 어른 같은 느낌이 들었다.

"소녀라는 걸 제가 증명할 수 있어요!" 아이작이 갑자기 큰소리로 말했다.

모두들 아이작을 일제히 쳐다보았다. 그러자 너무 많은 말을 한 것처럼 얼굴이 붉으락푸르락했다.

"소녀라구?" 카티가 신음하는 소리를 냈다. "저런 애한테 홀

딱 반하다니!"

심지어 담임도 미소를 지었다.

"조금 뒤에 보자꾸나." 내가 교실을 나갔을 때 담임이 말했다.

집 앞에 있는 자갈길에 접어들었을 때, 나는 너무 피곤해서 타고 가던 자전거가 휘청거릴 정도였다. 일주일 동안 잠을 못 잔 그런 느낌이 들었다. 그렇지만 앞으로 나는 훨씬 더 평화로 울 것이다. 다른 사람들이 주의깊게 바라볼 필요가 없는 용감하고 조용한 소녀로서, 이름은 파울라일 것이다. 수업시간 중에 꿈은 꿀지라도 대부분의 질문에 대답도 할 수 있고, 더 이상의 속임수, 파렴치함, 무례함을 저지르지 않을 것이다. 몰래 하는 흡연과 창고에서의 끔찍한 고생은 이제 과거의 일로 묻게 될 것이다. 그리고 가끔 나는 아이작과 함께 댄스 영화를 보러 가고 어두워지면 그의 손을 잡고 입맞춤을 할지도 몰랐다.

아냐, 그렇게 되어서는 안 돼!

"웩!" 갑자기 내 발에서 이런 비슷한 소리가 들렸다. 나는 계단에 쭉 뻗어 있는 뭔가 커다랗고 털이 북슬북슬한 것에 걸려서 넘어질 뻔했다. 그러더니 북슬북슬하고, 지독한 냄새를 풍기는 더러운 괴물이 나에게 달려들어 앞발로 내 가슴을 쳤고, 그리하여 나는 그만 어리뒤영벌이 윙윙거리는 정원의 꽃 위로 넘어졌다. 이 괴물은 냄새나는 주둥이로 내 얼굴을 마구 핥았고 거친 혀로 아이섀도, 마스카라와 립스틱을 핥더니, 몸의 방향을 바꾸어 옴에 걸린 꼬리로 내 귀를 때렸다.

"킬로이!" 나는 환호를 했다. "정말 너야? 이 더러운 쓰레기봉투 같은 녀석아. 도대체 어떤 쓰레기통을 뒤졌길래 이렇게 냄새가 나는 거야?"

물론 킬로이는 대답하지 않았다. 나는 정말 믿을 수가 없었다. 도대체 킬로이는 일주일 동안 어떻게 살아남았을까? 어디에서 먹이를 찾았을까? 그리고 이렇게 춥고 끔찍한 밤에는 어디에서 잠을 잤을까? 비록 눈처럼 희고, 반짝반짝 빛이 나던 멋진 모습은 온데간데없지만, 분명 이 개는 킬로이였다.

나는 킬로이와 함께 잔디 위를 굴렀고 내 손을 북슬북슬하고 더러운 킬로이의 털에 묻었다. 킬로이 역시 숲 뒤에 숨어 있는 우리 집을 후각을 통해 발견한 기쁨과 자부심을 표현하기 위해, 짖고 또 꼬리를 흔들었다.

그런 다음에 우리는 함께 집 안으로 뛰어들어갔다.

"엄마, 군나르, 할아버지! 킬로이가 돌아왔어요!" 나는 거의 울부짖었다.

모두 킬로이를 빙 둘러쌌다. 우리는 뭔가 없어진 게 없는지 살펴보기 위해 킬로이의 다리와, 위와 등을 만졌고, 염증은 없는지 목구멍도 보았다. 하지만 왼쪽 귀가 약간 찢어진 것을 제외하면 다친 곳도 전혀 없었다.

"요놈 요놈, 싸움질했어?" 내가 물었다.

"아우!" 킬로이는 꼬리만 흔들었다.

"목욕을 시키는 게 좋을 것 같아. 냄새가 그리 좋지는 않으네." 군나르가 말했다.

나는 킬로이를 지하실에 있는 욕조에 데려갔고, 거기에서 샴푸로 깨끗하게 털을 씻은 다음 말려주었다. 그런 뒤 빗질을 해주었는데, 그러자 예전의 털처럼 빛이 났고 킬로이는 만족스러운 소리를 내기 시작했다.

점심 때 우리가 먹으려고 했던 고기를 삼키고 그 밖에도 소시지 몇 개와 간을 넣은 소시지, 살라미와 초콜릿 소스가 들어 있는 유향수 열매를 한 사발 먹은 다음, 킬로이는 트림을 하더니 잠이 오는지 눈을 꿈뻑거렸다. 그리고는 주둥이가 찢어질 정도로 하품을 해댔다. 녀석도 나처럼 피곤에 절어 있었던 게 분명했다.

나는 마호가니 침대에 우리 둘을 위한 자리를 만들었다. 할아버지가 휠체어를 타고 부엌에서 왔다갔다 하면서 어머니와 군나르에게 요리를 지도하고 전화를 하고 또 다음 날 부를 손님들을 초대할 동안, 킬로이와 나는 나란히 누워서 그동안 어떤 일이 일어났는지 알아들을 수 없는 말로 주고받았다.

마침내 나는 킬로이의 따뜻하고 부드러운 털에 코를 박고 잠이 들었다. 나는 잠에 빠져서도 할아버지의 노래하는 목소리를 들을 수 있었다.

14

🎀

크리스털 샹들리에를 사과나무에 걸고, 그루프티 오케스트라가 연주를 하고,
할아버지와 내가 마지막으로 우리의 코를 비비고 파티와 삶은 밤에도 계속되는……

나는 잠을 잤다. 오후 내내 잠을 잤다. 저녁이 다 되어서 식사를
하자고 나를 깨웠다. 부엌은 그야말로 난장판이었는데, 냄비, 대
접, 접시, 양철판과 프라이팬으로 넘쳐난데다, 수증기도 가득 차
있었고 온갖 향기도 풀풀 났다. 그러자 나는 냄비, 숟가락 그리
고 거품을 일게 하는 도구의 소리를 들으며 다시 잠에 빠졌다.
 나는 달빛이 창문을 통해 들어오고, 할아버지가 두 번째 달 같
은 대머리로 내 침대 위에 몸을 숙였을 때에야 비로소 잠이 깼
다. 할아버지가 나를 만졌는지 어땠는지는 알 수 없었다. 어쩌면

할아버지는 곁에 앉아서 나를 바라보고 있었는데, 이 때문에 잠이 깼을 수도 있었다.

눈을 뜨자 할아버지는 커다란 손으로 내 손을 잡았다.

"그냥 잠시 여기에 앉아 있으려고 했다. 자러 가기 전에 말이야." 할아버지가 말했다.

나는 고개를 끄덕였다. 어렸을 적 홍역에 걸렸을 때와 비슷했는데, 그때는 나의 상태가 어떻게 될지 아무도 몰랐다고 했다. 그때도 할아버지는 침대 곁에 앉아서 내 손을 잡았다. 하지만 지금 나는 그렇게 아프다고 느끼지는 않았다. 솔직히 말해서 지금처럼 컨디션이 좋은 적이 요즘에는 별로 없었다.

"좀 나아졌어?" 할아버지가 물었다.

마치 할아버지는 내가 생각하는 내용을 들을 수 있는 것 같았다.

"응." 내가 대답했다.

그러고 나서 나는 키득거리며, 지난번에 할아버지와 얘기를 한 뒤 일어난 모든 사건에 관해서 말하기 시작했다. 어두워서 얘기하기가 한결 쉬웠다. 머뭇거리게 만드는 게 아무것도 없었으니까. 나는 오리와 카티 집에서 열린 파티, 호수에서 추위와 물결에 맞서 싸우던 일, 아이작과 창고, 그리고 내가 비밀을 털어놓았을 때 담임의 믿을 수 없어하는 얼굴에 대해서도 이야기했다. 할아버지의 손은 햇빛을 받아 뜨거워진 돌처럼 무거운 동시에, 이제는 부서진 첼로를 연주하는 것처럼 아주 가벼웠다.

"악마가 너를 떠나버린 듯하구나." 할아버지가 말했다. "어쩌면 앞으로 나타나지 않을지도 몰라. 웃기게 들릴지 모르지만, 뭔가 지나가고 나면 슬프고 끔찍한 일도 그리울 수가 있단다. 특이하지?"

할아버지는 한숨을 내쉬었다.

할아버지는 자신이 말한 것보다 더 많은 생각을 한다는 걸 나는 느낄 수 있었다.

"응." 내가 말했다.

그러자 조용해졌다. 킬로이는 평화롭게 숨을 쉬었고 시계도 재깍재깍 소리를 냈다.

"자, 이제 나도 자러 가야 할 시간이구나." 할아버지가 말했다.

하지만 할아버지는 가지 않았다.

그는 여전히 앉아서 자신의 손을 내 손 밑에 밀어넣고 있었는데, 마치 내가 할아버지의 손을 꼭 잡고 있는 듯 보였다.

"너도 알고 있는지……." 할아버지가 말했다.

시간이 지나는 동안 우리는 기억을 했다. 차가운 바람이 유년 시절의 숲과 월귤나무 잎 그리고 나무딸기 덤불을 통해 불어왔고, 살무사는 풀에서 머리를 쭉 뻗었으나 위험하지는 않았으며,

과거의 태양은 우리를 내려다보았고, 비를 맞거나 수영을 해서 우리가 젖으면 말려주었다. 한밤중에 우리는 햇살과 같은 우리의 기억을 함께 모아보았다.

"자러 가야 하는 거 아닌가, 아버지?" 어머니가 위에서 불렀다.

"올라갈 거야." 할아버지가 대답했다.

하지만 그렇게 하지는 않았다.

할아버지는 가만히 앉아 있었다.

"내 귀염둥이, 내일은 내가 친구 몇 명을 초대했단다. 그러니까 그들과 작별을 하려고 말이다. 이해해주렴. 이제 시간이 다 된 것 같은 느낌이 든단다."

어제 마셨던 호수의 폭풍 같은 시커먼 물이 창문의 틈 사이를 뚫고 들어와 인정사정없이 나를 덮쳤다. 나는 할아버지의 손을 꽉 껴안았다. 나는 그가 무슨 말을 하고 싶은지 이해했다.

"아냐, 할아버지가 거짓말하는 거야! 절대로 죽을 수가 없다고!" 나는 귓속말을 하듯 작게 말했다.

하지만 나는 할아버지가 거짓말을 하지 않는다는 것을 알고 있었다.

"슬퍼하지 마라, 내 사랑하는 비둘기." 할아버지는 나지막하게 말했다. "나는 늙었어. 내 몸은 지쳤고 더 이상 힘도 없단다. 그리고 사후의 세계는 어떤지 정말 궁금하다는 점도 솔직히 인정하마. 멍청이들에게야 의심할 것도 없지. 영원한 잠이거나 아니면 영생일 테니까. 우리처럼 좀 돌아버린 사람들에게는 그렇게 확실하지가 않아. 모든 게 분명하다면, 돌아버린 사람도 없을 거야. 그리고 유일한 신은 분명 지루한 사람일 테고. 나는 영원한 휴식을 택하고 싶단다. 바보처럼 영생을 꿈꾸고 싶지는 않구나!"

나는 할아버지가 어둠 속에서 늑대처럼 미소를 짓고 있으리라는 것을 알았다.

그는 계속 내 옆에 말없이 앉아 있었고, 그리하여 최초의 어스름이 방안을 어루만질 동안 나의 근심은 비애로 바뀌었고 비애는 피로로 바뀌었다.

그때 할아버지는 무거운 발걸음으로 계단을 올라갔다. 어쩌면 그는 내가 잠이 들었을 것이라고 믿었는지 모른다.

나는 오랫동안 쳐다보지 않았던 수정구슬을 만졌다. 내가 무엇을 보고 싶어하는지도 몰랐다. 할아버지가 미소짓는 천사가 되어 구름 위에서 왕좌에 앉아 있는 그런 바보들의 천국? 내가 구슬을 들여다보았을 때, 모든 빛이 하나의 반짝이는 점을 비추었다. 나는 할아버지가 정원에서 새들, 나비와 사람들로 둘러싸여 있는 걸 보았다.

"그리고 나서?" 나는 안달이 나서 손가락으로 차가운 수정구슬을 두드렸다.

그때 거대한 수정구슬이 소리를 내며 깨졌다. 나는 손에 쪼개진 수정구슬 절반씩을 각각 들고 있었다.

오후의 햇살은 두꺼운 솜털구름 사이로 반짝였다.

저녁 여섯 시경에 손님들이 한두 명씩 도착했다. 많은 사람들이 택시를 타고 왔고, 버스를 타고 온 사람도 있었으며, 하루 종일 우리 정원을 걷기라도 한 것처럼 피곤에 찌든 손님들도 몇몇 있었다.

할아버지는 하루 종일 서류를 정리했다. 그는 휠체어를 타고 돌아다녔고 이런저런 일들을 지휘했으며, 음식과 음료를 준비하라고 시켰고, 식탁이 잘 차려질 수 있도록 신경을 썼다. 할아버지는 건강하게 보였고 엉터리 노래를 열심히 불렀다. 이 모든 것은 불안을 잠재우고자 하는 시도일까? 아니면 할아버지는 정말 정신이 좀 나간 것일까?

방문한 손님들은 예외없이 할아버지로부터 환영의 인사를 들었고 소리가 날 정도의 입맞춤을 받았다. 할아버지는 우리가 정원에 내다놓은 마호가니 침대에 앉아 있었다. 그의 뒤에는 쿠션들이 수없이 많았는데, 쿠션들은 마치 하늘에 걸려 있는 두꺼운 여름 구름처럼 보였다.

대부분의 손님들은 모르는 사람들이었다. 많은 분들이 양로원에서 온 것 같았다. 손을 떠는 노인들과 노파들은 지팡이나 목발의 도움을 받고 있었다. 그들은 모두 낡은 검정색 정장을 입고 있었고 얼굴은 좀 웃겨 보였다. 세발용 향수와 향수 냄새가 정원에 진동을 했다.

나는 할아버지 옆에 서 있었다. 나는 일전에 스톡홀름 뫼야 섬에서 할아버지가 나에게 준 꽃무늬 비단옷을 입고 있었다. 할머니가 입었던 옷이었다.

"얘가 파울라고, 내 귀여운 손녀딸이외다." 할아버지는 나를 그렇게 소개했다.

"불쌍한 아이." 검정색 밀짚모자를 쓴 노파는 그렇게 말하더니 홀쭉한 팔로 나를 잡았다. 그녀는 온몸을 떨었다. 나의 어머니는 할머니가 생전에 쓰던 모자를 쓰고서 포도주 음료를 나눠주었다. 이것은 할아버지가 녹색 욕조에서 포도주, 키위, 레몬조각과 흰색 꽃잎을 휘휘 저어서 만든 음료였다.

"사랑하는 친구들이여!" 할아버지는 노래하듯 외쳤다. "마음껏 드시고, 모두들 진심으로 환영합니다!"

우리는 미풍에도 흰색 식탁보가 가볍게 팔랑거리는 긴 식탁에 앉았다. 처음에 어색했던 분위기는 곧 사라졌다. 고기만두와 바삭 구운 빵이 나오자 어색한 분위기는 온데간데없이 사라졌고, 여기에 얇게 저민 청어와 양념한 닭다리 그리고 나무딸기 소스를 얹은 오리가슴살이 나왔다. 그리고 레몬주스, 포도주와 맥주도 곁들였다.

할아버지는 많이 먹지 않았다. 그는 다만 한 숟갈 정도씩만 먹었다.

내가 할아버지를 위해 접시에 음식을 가지고 오려 했으나 할아버지는 고개를 저었다.

"오늘 나는 모두가 음식을 먹는 모습을 즐기고자 한단다. 솔직히 말해서, 나는 전혀 배가 고프지 않아." 할아버지가 말했다.

나 역시 그랬다. 하지만 다른 사람들은 온갖 접시와 대접에 담겨 있는 음식을 열심히들 먹었다. 해가 뉘엿뉘엿 질 동안 사람들의 목소리는 점점 커지고 웃음소리는 나무 꼭대기를 넘어갔다.

"여러분 모두를 사랑하오!" 할아버지는 술잔을 높이 들었다.

천천히 정원 위로 황혼이 깃들었다. 할아버지가 양로원에서 결성한 오케스트라가 연주를 시작했다. 오늘 할아버지는 다른 분들이 연주하는 노래를 듣기로 했다. 바이올린은 귀뚜라미처럼 날카로운 소리를 냈고, 클라리넷은 사랑에 미쳐버린 고양이처럼 야옹거렸으며, 북소리와 함께 아코디언은 양들이 합창을 하듯 울었다. 검정색 밀짚모자를 썼던 노파가 하프를 연주하는

데, 마치 기다란 머리카락처럼 손가락으로 빗는 듯했다. 음악이 연주되는 동안 나무 사이에서 사람들이 춤을 췄다.

군나르는 크리스털 샹들리에를 사과나무에 걸어두었다. 깁스를 한 발로 나무 위에 올라가서 걸었던 것이다. 촛불모양의 전구들이 발하는 빛은 부드럽게 나뭇가지를 통해 아래로 비쳤다. 춤을 추지 않는 잔디 위에는 횃불이 환하게 빛났는데, 우리는 이 횃불을 크로케 게임을 할 때 세워두는 아치형 골문 곁에 두었다. 지금 이곳에서는 두 명의 노인이 큰소리로 다투고 있었는데, 한 사람이 골을 넣었다, 아니다를 놓고 말다툼을 벌이고 있었다.

"네 머리를 한 대 때려줄거다!" 한 노인이 고함을 지르며 자신의 크로케 스틱을 위협적으로 휘둘렀다. 스틱이 그만 악셀손을 때렸고, 그는 소음을 견디지 못해 밖으로 나왔다가 그 꼴을 당했다. 악셀손은 비틀거리며 이미 손상된 울타리로 갔다. 하지만 내 어머니는 그를 다시 데려와서, 함께 춤을 추었고 그의 머리를 신문지로 받쳐주고 쉬게 해주자 마침내 위로받은 아이처럼 미소를 지었다.

할아버지는 자신의 구름 위에서 싱긋이 웃는 신처럼 침대에 기대어 앉아 있었다. 러시아 주전자가 물 끓는 소리를 내는 동안, 그는 음률에 맞춰 이불을 때렸고 차를 홀짝홀짝 마셨다.

"파티를 계속 하도록 해라." 할아버지가 속삭였다.

그는 어머니의 손과 내 손을 잡았다. 달은 휘영청 빛나고 있었다. 할아버지는 눈을 감았고 머리를 쿠션에 두었다. 할아버지가 점점 힘들게 호흡을 하다가 마침내 숨이 멎을 때까지 우리는 아무 말도 하지 않고 할아버지 곁에 서서 손을 잡고 있었다.

나는 몸을 숙여서 할아버지의 코에 내 코를 비볐다. 내가 코를 흘리던 시절부터 그리고 할아버지가 마음씨 좋은, 모든 것을 알고 있는 아버지 하나님이었을 때부터 그러했듯이. 할아버지의 콧수염이 나를 간지럽게 했고, 나는 할아버지가 나에게 미소를 짓는 모습을 봤던 것 같다.

밤이었고 삶과 파티는 계속되었다.

옮긴이의 말

우리는 이름을 지을 때 여자 이름인지 남자 이름인지 성별을 어느 정도 분명히 알 수 있게 신경 쓰는 경우가 많습니다. 예를 들어, 민지는 여자 이름이라고, 민철이는 남자 이름이라고 당연히 생각하죠. 외국 친구들의 이름도 이처럼 대부분 여자 이름과 남자 이름을 쉽게 구분할 수 있습니다. 그런데 어떤 경우에는 알파벳 하나가 있고 없고에 따라 여자 이름인지 남자 이름인지가 구분되기도 하는데, 바로 '파울과 파울라'도 그런 경우에 속합니다. 파울(Paul)은 남자 이름이고, 여기에 a가 하나 더 붙으면 여자 이름인 파울라(Paula)가 되는 것이지요.

열두 살인 파울라는 평범하지 않은 어머니 덕분에 시내에 있던 학교에서 변두리 학교로 전학을 가게 됩니다. 잡지와 신문에 그림을 그려 딸과 생활해 나가는 파울라의 어머니는 군나르라는 남자와 함께 살기로 결정을 했던 것이죠. 그런데 이사를 가던 날, 무엇이든 잘 까먹는 파울라의 어머니는 파울라가 가장 사랑하는 개 킬로이를 그만 빠트린 채 이사를 가버리고 맙니다.

킬로이를 찾아 헤맨데다 또 양로원에 계시던 외할아버지가 그곳을 탈출하는 바람에 전학 간 학교에 등교해야 할 날짜보다 하루 늦게 가게 된 파울라에게 예상치도 못한 일이 또 일어납니다. 담임 선생님이 파울라의 이름을 파울이라고 부르면서, 남학생이라고 소개를 하는 것입니다! 순간 당황한 파울라는 자신이 여자라는 사실을 밝힐까 말까 망설이다가 그만 타이밍을 놓치죠.

전학 간 첫날은 결석을 하고, 그 다음 날에는 지각을 하면서 파울라는 학급 친구들의 관심을 얻게 되고, 이어서 거의 매일마다 여러 가지 특이한 행동을 하는 바람에 인기를 독차지하는 스타가 됩니다. 특히 카티라는 여학생은 파울라에게 완전히 반해서 졸졸 따라다니고, 아이작이라는 남학생은 파울라가 여자인 줄도 모르고 사랑인지 우정인지 헷갈리는 정을 쌓게 됩니다. 물론 파울라도 아이작을 마음속으로 좋아하게 되지요. 사실은 여학생이지만 학교에서는 남학생으로 알려져 있는 파울라는, 남학생의 역할도 너끈하게 잘 해냅니다. 아이작과의 몸싸움에도 밀리지 않고, 지겨운 수업시간을 재미있게 만들어주는 악동짓을 하는 데 있어서도 여느 남학생들에 지지 않고 오히려 두각을 나타내죠. 그리고 마지막으로 아이작과의 수영시합에서 그 대단함을 보여줍니다. 유망 수영선수였던 아이작조차 포기하게 만드는 파울라의 끈기와 용기를 접하다보면, 남학생과 여학생이라는 구분이 가진 어떤 편견을 만나게 됩니다.

태어나서 겨우 걸음마와 말을 배울 때까지 우리는 아직 자신이 여자인지 남자인지 잘 구분을 못 합니다. 그런데 유치원에 들어가고, 또 학교를 다닐 때면 여자와 남자라는 구분을 명확하게 하게 되고, 또 그렇게 행동하려고 노력을 합니다. 가령, 여학생이 팔자걸음을 걸으면 지적을 당하기도 하지만, 남학생은 그렇지 않아요. 여학생이 화장을 하면 이상하게 보지 않지만, 남학생이 화장을 하면 놀림을 당할지 몰라요. 놀이를 할 때도 여학생들은 비교적 조용하게 놀지만, 남학생들은 거칠게 몸싸움을 하는 걸 좋아한다고 생각하죠. 그런데 이런 생각들 가운데 편견도 있을 수 있다는 것입니다. 남자는 원래부터 싸움을 좋아하고, 용기를 시험하기를 좋아하는 게 아니라, 우리가 자라나는 환경이 그렇게 만들었다고 볼 수 있지요. 여학생 파울라가 남학생 파울로 행동하면서 학급친구들로부터 인기를 얻게 되는 과정을 보면 알 수 있어요. 그러니 여학생과 남학생이 완전히 다르게 행동한다고 보는 시각이 항상 맞지는 않아요.

이 책은 스웨덴에서 1984년에 출간되었습니다. 여러분이 세상에 태어나기 훨씬 전에 나온 책이겠지요. 당시 스웨덴의 청소년들은 이 책을 거의 숭배하듯 다투어서 읽었고(안 읽었으면 왕따였겠죠.), 스웨덴뿐만 아니라 독일을 비롯한 많은 나라에서 번역되었어요. 독일에서는 청소년 문학상을 받았고 지금도 많은 사랑을 받고 있어요. 30여 년 전의 책이 아직도 읽힌다는 것은, 이 책의 내용이 시간이 지나도 변함없는 진실을 담고 있고, 또 재미있기 때문이 아닐까 합니다.

우리가 텔레비전에서 재미있게 봤던 드라마 〈성균관 스캔들〉 등에서도 주인공들은 말 못할 이유로 여자가 아닌 남자로 살아가는 모습을 보여주고, 또 이들을 둘러싸고 러브라인이 형성됩니다. 삼각관계도 드물지 않고요. 『파울과 파울라』에서도 파울라와 아이작, 그리고 카티라는 삼각관계가 만들어져요.

이 책은 재미만 제공하는 게 아니라, 가족이 무엇인지 그리고 가족 간의 사랑도 잘 보여줍니다. 외할아버지는 요양원에서 죽기 싫어서 자신의 딸과 손녀 파울라가 사는 집으로 와서는, 마지막 남은 애정까지 모두 주고 평화롭게 생을 마감합니다. 그리고 대머리를 감추기 위해서 늘 모자를 쓰고 다니는 어머니의 남자친구 군나르는 친딸이 아님에도 불구하고 파울라에게 관심을 가져주고, 파울라를 가족으로 품으려는 노력을 합니다.

이 책은 30년 전에 나온 책이지만 현재 우리 상황을 아주 잘 반영하고 있어요. 주변을 살펴보면, 새아버지나 새어머니를 두었거나 또 부모님 중 한 사람이 외국인인 경우도 있으니까요. 그리고 반려동물을 가족으로 받아들여서 키우는 가정도 많고 말이죠. 어쨌거나 탁월한 책은 시대를 넘어 읽어도 여전히 커다란 공감을 준다는 생각이 듭니다.

『파울과 파울라』는 한 여학생의 이야기이지만, 우리 모두가 한번쯤 겪어보고 싶은 경험담이고, 유쾌한 유머도 넘쳐납니다. 가슴 아픈 이별 이야기도 있지만 우정과 사랑이 넘치는 책입니다. 우리의 마음에 솜사탕처럼 뭉쳐져 있는 그리움과 소망을 보여주는 책이기도 하지요.

파울라, 너 참 멋지다!

2014년 2월

이미옥

파울과 파울라

1판 1쇄 찍음 2014년 2월 11일
1판 1쇄 펴냄 2014년 2월 20일

지은이 울프 슈타르크
옮긴이 이미옥

주간 김현숙
편집 변효현, 김주희
디자인 이현정, 전미혜
영업 백국현, 도진호
관리 김옥연

펴낸곳 궁리출판
펴낸이 이갑수

등록 1999. 3. 29. 제300-2004-162호
주소 110-043 서울시 종로구 통인동 31-4 우남빌딩 2층
전화 02-734-6591~3
팩스 02-734-6554
이메일 kungree@kungree.com
홈페이지 www.kungree.com

ⓒ 궁리, 2014. Printed in Seoul, Korea.

ISBN 978-89-5820-268-4 03890

값 11,000원